朗读者

主编 董卿

1

人民文学出版社

图书在版编目（CIP）数据

朗读者.1 / 董卿主编. —北京：人民文学出版社，2017(2025.9重印)
ISBN 978-7-02-013070-2

I.①朗… Ⅱ.①董… Ⅲ.①中国文学—当代文学—作品综合集 Ⅳ.①I217.1

中国版本图书馆CIP数据核字（2017）第152045号

责任编辑　付如初　欧阳韬　廉　萍　曾少美
装帧设计　陶　雷
责任校对　罗翠华
责任印制　王重艺

出版发行　人民文学出版社
社　　址　北京市朝内大街166号
邮政编码　100705

印　　刷　北京中科印刷有限公司
经　　销　全国新华书店等

字　　数　208千字
开　　本　890毫米×1290毫米　1/32
印　　张　9.75
印　　数　828001—831000
版　　次　2017年8月北京第1版
印　　次　2025年9月第47次印刷

书　　号　978-7-02-013070-2
定　　价　52.00元

如有印装质量问题，请与本社图书销售中心调换。电话：010-59905336

序言一

这段时间，身边许多朋友都在谈论《朗读者》。他们中有些是文学界的同行，但大多数从事的工作与文学并无直接关联。他们有着各自不同、甚至罕有交集的身份，然而当谈论《朗读者》、谈论节目里那些经典篇章的时候，他们的眼睛里流露着相同的情感，那就是温柔与感动。我愿意相信，在这一刻，我与他们共享着同一个幸福的身份，那就是文学的阅读者、人类心灵的倾听者。

我同时注意到，由《朗读者》而起的诵读文学经典的热潮，并没有仅仅停留在媒体传播和好友热议的层面，它已经渗入了广大的人群，成为生活场景：许多城市都设置了"朗读亭"，每一个经过的人都可以走入其中，朗读自己喜爱的篇章并进行录制，他们的声音和形象将有可能出现在《朗读者》节目的正片之中。听说许多城市的"朗读亭"外都排起了长队，也有读者为了录制三分钟的视频，在亭外耐心等待了足足九个小时。

《朗读者》已经成为了一道醒目的文化风景、一种引人深思的文化现象。它向我们证明，诚挚、深沉、优美、健康的内容，在今天依然能够获得普遍的关注，好的文学永远拥有直指人心的伟大力量。常有人说，我们生活在一个匆忙浮躁的时代，当代人的精神世界平庸而匮乏。对于这样的观点，我只能部分地认同。当下的生活固然匆忙，很多时候，我们也的确面临着浮躁的问题；但即使出于种种原因，我们同自己内心相处的时间相对有限，人们依然会本能地渴望着纯粹、辽阔、有质量的精神生活。近年来，以《朗读者》为代表的一批文学文化类节目广受欢迎，正是因为它们引导人们放慢生命节奏，倾听内心的声音，顺应和满足了人们对精神生活的渴望。

  《朗读者》中出现的文本，很多是经过漫长时间检验的名篇佳作；即使是出于今人之手的篇章，此前也多已在读者间广为流传。它们中有相当一部分，都当得起"经典"二字。何为经典？答案可能有很多，但我想最直接的一条，就是它们拥有温暖而强劲的力量，能够长久不衰地体贴灵魂、拨动心弦，触碰到我们情感深处最柔软最深刻的部位。这种力量，并不会因时间流逝和年代更迭而减弱。《朗读者》里的许多篇章，都是我早年间的挚爱；那些熟悉的文字，关乎爱与恨、喜与悲、生与死、豪情与希望，曾经深刻地启示了、影响了我们这一代人。很多年过去了，我发现，今天的年轻读者依然会为之鼓舞、感动；其中有许多句子，我至今能够脱口背诵，它们在新一代读者心中同样激起了深沉的回响。好的文学就是这样，它能够跨越年龄和代际的鸿沟，陪伴一代又一代人成长，在情感体验和文化记忆的代代传承之中，把种种高贵和美好的品质传递给无尽的后来人。

  朗读，就是朗声诵读，是倾听自己的声音，也是倾听他人的声音。通过口的诵读与耳的倾听，汉语和它内在的气质、精神，以焕然一新的方式进入了我们的心灵。古老而常新的汉语，具有抑扬顿挫的独特韵律，这韵律不仅是美的，而且包含着我们共同的文化记忆和我们共同的情感。正是在这个意义上，《朗读者》使阅读成为了认同的过程，一个人在朗读中寻求更为广大的联系——通过这美好的母语，我们不仅彼此看见，我们还得以彼此听见，我们得以完成彼此身份的响亮确证，由此结成血脉相连、情感相通的共同体。

现在，《朗读者》里的诵读篇目已被整理成书，由人民文学出版社出版，将有更多的读者阅读和朗读这些作品，从中感受真善美的力量，感受文学的力量。同时，这一切也是对包括我在内的写作者的提醒：一个人内心的声音在广大的人群中持久回响，这是世上最美好的事，这更是一份严肃庄重的责任。我们会更深刻地记住这份提醒，认真地写下去，把心交给读者，把更多的好作品献给我们的人民。

序言二

许渊冲

今年年初,我受邀参与录制了中央电视台《朗读者》节目。这个节目的创意与国家文化大格局相契合,激发人们对读书的热情,是一件功在当代、利在千秋的好事。

《朗读者》的同名图书由人民文学出版社出版,是再合适不过的事情。有国家级文学专业出版社为《朗读者》图书把关,是可以让读者放心的,也可以更好地推动全民阅读,提升读者的阅读品位。

我和人民文学出版社是老朋友了,五十九年前,他们就曾出版过我的译著《哥拉·布勒尼翁》。我对编辑认真负责的工作态度印象深刻。几十年来,人民文学出版社出版了众多中外文学经典,影响了中国几代人。

《朗读者》选择的文本大多是经典之作。作者既有莎士比亚、塞万提斯、约翰·多恩、雨果、梭罗、裴多菲、罗曼·罗兰、泰戈尔、吉卜林、海明威等外国名家,也有李白、杜甫、刘禹锡、苏轼、老舍、冰心、巴金等中国文学大家。《朗读者》的出版,以一种新的形式把人民文学出版社高质量的经典作品又传递给新的青年一代,让我国的文化传承生生不息。

听说青年人喜欢《朗读者》，我非常高兴。因为青年人能把宝贵的时间留给那些伟大的作品，我觉得是很好的事。我本人就深受经典作品的恩惠。小学时背诵的中国古典诗文让我爱上了中文的意美、音美和形美（鲁迅语）。中学时代，老师让我背诵的莎剧、欧文作品等的选段激发了我学英文的兴趣。在西南联大求学时，当时的课程可谓空前精彩，我阅读了很多中外名著，从中感受到美的乐趣，这也是我翻译工作的起点。我认为人生最大的乐趣是发现美、创造美，这个乐趣是用之不尽、取之不竭的，而美的乐趣来自阅读，阅读这些名篇佳作。

七十九年前，我进入大学校园。那时候，国家贫穷落后，凶残的日本帝国主义者侵略中国，人民在受苦受难。在那艰苦的环境下，西南联大师生排除万难，一心向学；有的投笔从戎，为民族复兴而流血牺牲。今天，中国的国势蒸蒸日上，希望青少年朋友们珍惜宝贵的时间，多多阅读中外名著，以人类文明的精华滋养我们的精神。也希望在你们之中能够涌现出更多传播优秀文化的使者和创造者，让中国文化走向世界，做出比我们这一代人更优异的成绩。

我衷心希望更多的人会爱上《朗读者》，爱上朗读，爱上阅读。

2017年7月7日
于北大畅春园

目 录

遇 见

朗读者　濮存昕　5
读　本　宗月大师　老舍　10

朗读者　蒋　励　15
读　本　在风中飘荡　[美] 鲍勃·迪伦　20
　　　　没有人是一座孤岛　[英] 约翰·多恩　22
　　　　未选择的路　[美] 罗伯特·弗洛斯特　23
　　　　偷走的孩子　[爱尔兰] 威廉·巴特勒·叶芝　25

朗读者　柳传志　29
读　本　写给儿子的信　柳传志　35

朗读者　周小林　殷　洁　39
读　本　朱生豪情书（节选）　朱生豪　45

朗读者　张梓琳　51
读　本　愿你慢慢长大　刘瑜　57

朗读者　许渊冲　63
读　本　诗经·小雅·采薇（节选）　70
　　　　如愿·人生七阶　[英] 威廉·莎士比亚　71
　　　　哈梦莱（节选）[英] 威廉·莎士比亚　73
　　　　沁园春·雪　毛泽东　75
　　　　约翰·克里斯托夫（节选）　[法] 罗曼·罗兰　77

陪　伴

朗读者　杨乃斌　85
读　本　通讯十　冰心　91
　　　　往事（一）（节选）　冰心　97

朗读者　蒋雯丽　109
读　本　心田上的百合花开　林清玄　115

朗读者　林兆铭　119
读　本　瓦尔登湖（节选）　[美] 亨利·戴维·梭罗　124

朗读者　乔　榛　135
读　本　我愿意是急流　[匈牙利] 裴多菲　141
　　　　我愿意是树　[匈牙利] 裴多菲　143

选 择

朗读者　王千源　149
读　本　老人与海（节选）　[美] 欧内斯特·海明威　155

朗读者　秦玥飞　175
读　本　泥泞　迟子建　181

朗读者　麦　家　185
读　本　致儿子　麦家　191

朗读者　徐静蕾　195
读　本　奶奶的星星（节选）　史铁生　202

朗读者　理查德·西尔斯　215
读　本　陋室铭　〔唐〕刘禹锡　220

朗读者　郭小平　221
读　本　如果　[英] 约瑟夫·拉迪亚德·吉卜林　228

礼 物

朗读者　李亚鹏　235
读　本　背影　朱自清　243

朗读者　胡玮炜　247
读　本　自行车之歌　苏童　252

朗读者　倪　萍　259
读　本　姥姥语录（节选）　倪萍　266

朗读者　单霁翔　271
读　本　至大无外　张越佳　刘凯　278

朗读者　赵蕊蕊　281
读　本　握紧你的右手　毕淑敏　286

朗读者　赵家和　289
读　本　让我怎样感谢你　汪国真　296

遇 见

Encounter

古往今来，有太多太多的文字，在描写着各种各样的遇见。

"蒹葭苍苍，白露为霜。所谓伊人，在水一方。"这是撩动心弦的遇见；

"这位妹妹，我曾见过的。"这是宝玉和黛玉之间，初次见面时欢喜的遇见；

"幸会，今晚你好吗？"这是《罗马假日》里，安妮公主糊里糊涂的遇见；

"遇到你之前，我没有想过结婚；遇到你之后，我结婚没有想过和别的人。"这是钱锺书和杨绛之间，决定一生的遇见。

遇　见

Encounter

  遇见仿佛是一种神奇的安排，它是一切的开始。
  世间一切，都是遇见。就像冷遇见暖，就有了雨；春遇到冬，有了岁月；天遇见地，有了永恒；人遇见了人，有了生命。
  《朗读者》"遇见"大家，就会遇见无声的文字，遇见有声的倾诉，遇见一花一叶，遇见大千世界。

Readers

P U
C U N
X I N

朗读者

濮存昕

人们常这样评价他：在靠墙的桌子边随便一坐，就是一台戏。媒体提到他的名字，最常出现的称呼就是"表演艺术家""演员中的知识分子"。迄今，他是中国戏剧界演出场次最多的人之一，也是仍然活跃在戏剧舞台上的演员。

濮存昕生于人艺剧院，长于人艺剧院，血液里就带着演员梦。在舞台上，他率真、纯粹，不追求过多的演技。他的表演，让人们记住了《最后的贵族》里清俊优雅的陈寅、《英雄无悔》里刚正不阿的公安局长高天、《茶馆》里侠骨豪情的常四爷、《大将军寇流兰》里由英雄变为敌人的贵族将军等等，深入人心的角色数不胜数。对他来说，回到舞台，就像是李白回到了山水间，放歌纵酒，如鱼得水。

演戏最重要，其余皆浮名。在舞台之外，濮存昕也保持着本真、敏感和善意，"公益大使"是濮存昕为人熟知的身份；中国大陆第一个为艾滋病做公益广告的影视明星，是他的另一个标签。难怪有人说，人最难得的是找到一生都愿追寻的光，对濮存昕而言，这束光已经打在那里了，就看他怎样去捕捉与接近。

朗读者 ❖ 访谈

董　卿：您今天带来的是一本《老舍散文》。
濮存昕：对。老舍先生有一篇文章叫《宗月大师》，读完之后觉得他淡淡的、平静的叙事下有对帮助过自己的人那一份感恩的情怀。
董　卿：老舍是在自己大概十岁、九岁的光景遇到了宗月大师。这个人对老舍特别重要；要是没有他，可能就没有老舍。
濮存昕：是。宗月大师有很多了不起的地方。他接济穷人，都是"千金散尽还复来"一般潇洒。老舍先生经过他的帮助上了学，后来也参加了他的一些公益的事情。你想想，在上个世纪初，中国贫苦和落后的时候，我们有宗月大师这样的人。家境败落之后，他出家为僧，但仍旧在做他的公益，仍旧开开心心地笑。
董　卿：那在您的生命当中，有没有那么一些人，可以说没有这个人，就没有濮存昕？
濮存昕：我小的时候，曾经是个残疾的孩子。有一个叫荣国威的大夫，他为我做了手术。很多人不知道，我小学外号叫"濮瘸子"。带着这样一个绰号，带着同学异样的眼光，我踮着脚一直走到三年级的时候，我父亲在积水潭医院找到了荣国威大夫。他给我做了整形手术，我的脚放平了。刹那间我就可以有条件装着让人看不出来了。我就可以慢慢地跑，慢慢地打球了。
董　卿：您会因为这个受到很多欺负吗？
濮存昕：我现在对欺负倒是没有什么记忆，只是觉得自己不能和别的孩子一样，有那种自卑心理。比如上体育课，分拨跑步，人

家不会要你的：不要他不要他，要他我们肯定要输。别人去玩，你玩不了；你跑不快，你跳不起来。"濮瘸子"，其实我后来好了之后，这个外号还一直被叫着，所以，我就特别盼望能够上中学，上了中学就可以……

董　卿：换一拨儿同学。

濮存昕：对。我记得很清楚，有这种心理。但是做完手术以后，荣大夫帮我改变了命运，我可以非常轻易地隐藏自己这个缺陷，别人看不出来，一直到今天。后来一读到老舍先生在文章中表达对宗月大师的感恩之情时，我就问自己：有谁帮助过我？有很多很多人。但是往前去想，第一个真正帮助我改变命运的人，就是荣大夫，荣国威大夫。

董　卿：没有荣院长，可能您就没办法像一个正常的孩子那样成长。那有没有这个人，没有他就不会在人艺的舞台上看到濮存昕？

濮存昕：那当然有。我应该感谢我的父亲，他在恰当的时机让我成为了一个有阅读习惯的人。同时我也想到了，就是我当知青时候的医生。那时候，要回城，真的没有出路了，我就拿着档案去请医生帮忙：帮帮忙吧，给我把诊断写得确定一点儿。医生看了说：得过小儿麻痹的一个青年，不适合黑龙江高寒地带。我拿着这个诊断书往师部医生的桌上一放，他抬头就说了一句话：你怎么早不来？就给我盖戳了。这个戳一盖我的命运就改变了。那个医生决定着我离开黑龙江。后来，空政话剧团决定着我能够从事文艺工作；蓝天野老师决定我能够不考试进北京人艺；林兆华老师能够把我从谜团中间、从表演的误区中间，拉到有现代审美的表演观念中来，让我今天能够成为我自己。还有很多很多人……

董　卿：在你自己有能力之后，你也去帮助了很多人，比如说你参加公益项目，担任防艾的爱心大使等等。无形当中，你也成了他们生命中的贵人。也许有些事情你也不知道，改变了哪些人的命运。

濮存昕：我觉得每一个人都可以这样做的。别人帮助过我们，我们也可以帮助别人。荣大夫给多少人看过病？只不过恰好有一个病例、有一个病人是我。我觉得我们应该尽可能地去想：我是被帮助过的人，我也可以帮助别人。

董　卿：记住那些帮助过你的人，不要认为是理所应当；也记住在自己有能力的时候去帮助别人，不要认为是事不关己，这是做人的道理。而且我想，今天通过您的朗读之后，大家对此可能也会有更深刻的感受。您要把今天的朗读献给谁呢？

濮存昕：献给荣大夫。

朗读者 ❀ 读本

宗月大师

老舍

在我小的时候，我因家贫而身体很弱。我九岁才入学。因家贫体弱，母亲有时候想教我去上学，又怕我受人家的欺侮，更怕交不上学费，所以一直到九岁我还不识一个字。说不定，我会一辈子也得不到读书的机会。因为母亲虽然知道读书的重要，可是每月间三四吊钱的学费，实在让她为难。母亲是最喜脸面的人。她迟疑不决，光阴又不等待着任何人，荒来荒去，我也许就长到十多岁了。一个十多岁的贫而不识字的孩子，很自然的是去作个小买卖——弄个小筐，卖些花生，煮豌豆，或樱桃什么的。要不然就是去学徒。母亲很爱我，但是假若我能去作学徒，或提篮沿街卖樱桃而每天赚几百钱，她或者就不会坚决的反对。穷困比爱心更有力量。

有一天刘大叔偶然的来了。我说"偶然的"，因为他不常来看我们。他是个极富的人，尽管他心中并无贫富之别，可是他的财富使他终日不得闲，几乎没有工夫来看穷朋友。一进门，他看见了我。"孩子几岁了？上学没有？"他问我的母亲。他的声音是那么洪亮（在酒后，他常以学喊俞振庭的《金钱豹》自傲），他的衣服是那么华丽，他的眼是那么亮，他的脸和手是那么白嫩肥胖，使我感到我大概是犯了什么罪。我们的小屋，破桌凳，土炕，几乎禁不住他的声音的震动。等我母亲回答完，刘大叔马上决定："明天早上我来，带他上学，学钱、书籍，大姐你都不必管！"我的心跳起多高，谁知道上学是怎么一回事呢！

第二天，我像一条不体面的小狗似的，随着这位阔人去入学。学校是一家改良私塾，在离我的家有半里多地的一座道士庙里。庙不甚大，而充满了各种气味：一进山门先有一股大烟味，紧跟着便是糖精味（有一家熬制糖球糖块的作坊），再往里，是厕所味，与别的臭味。学校是在大殿里。大殿两旁的小屋住着道士，和道士的家眷。大殿里很黑，很冷。神像都用黄布挡着，供桌上摆着孔圣人的牌位。学生都面朝西坐着，一共有三十来人。西墙上有一块黑板——这是"改良"私塾。老师姓李，一位极死板而极有爱心的中年人。刘大叔和李老师"嚷"了一顿，而后教我拜圣人及老师。老师给了我一本《地球韵言》和一本《三字经》。我于是，就变成了学生。

　　自从作了学生以后，我时常到刘大叔的家中去。他的宅子有两个大院子，院中几十间房屋都是出廊的。院后，还有一座相当大的花园。宅子的左右前后全是他的房屋，若是把那些房子齐齐的排起来，可以占半条大街。此外，他还有几处铺店。每逢我去，他必招呼我吃饭，或给我一些我没有看见过的点心。他绝不以我为一个苦孩子而冷淡我，他是阔大爷，但是他不以富傲人。

　　在我由私塾转入公立学校去的时候，刘大叔又来帮忙。这时候，他的财产已大半出了手。他是阔大爷，他只懂得花钱，而不知道计算。人们吃他，他甘心教他们吃；人们骗他，他付之一笑。他的财产有一部分是卖掉的，也有一部分是被人骗了去的。他不管；他的笑声照旧是洪亮的。

　　到我在中学毕业的时候，他已一贫如洗，什么财产也没有了，只剩下那个后花园。不过，在这个时候，假若他肯用用心思，去调整他的产业，他还能有办法教自己丰衣足食，因为他的好多财产是被人家骗了去的。可是，他不肯去请律师。贫与富在他心中是完全一样的。假若在这时候，他要是不再随便花钱，他至少可以保住那座花园，和城外的地产。可是，他好善。尽管他自己的儿女受着饥寒，尽管他自己受尽折磨，他还是去办贫儿学校、粥厂等等慈善事业。他忘了自己。就是在这个时候，我和他过往的最密。他办贫儿学校，我去作义务教师。他施舍粮米，我去帮忙调查及散放。在我的心里，我很明白：放粮放钱不过只是延长贫民的受苦难的日期，而不足以阻拦住死亡。但是，看刘大叔那么热心，那么真诚，我就顾不得和他辩论，而只好也出点力了。即使我和他辩论，我也不会得胜，人情是往往能战败理智的。

在我出国以前，刘大叔的儿子死了。而后，他的花园也出了手。他入庙为僧，夫人与小姐入庵为尼。由他的性格来说，他似乎势必走入避世学禅的一途。但是由他的生活习惯上来说，大家总以为他不过能念念经，布施布施僧道而已，而绝对不会受戒出家。他居然出了家。在以前，他吃的是山珍海味，穿的是绫罗绸缎。他也嫖也赌。现在，他每日一餐，入秋还穿着件夏布道袍。这样苦修，他的脸上还是红红的，笑声还是洪亮的。对佛学，他有多么深的认识，我不敢说，我却真知道他是个好和尚。他知道一点便去作一点，能作一点便作一点。他的学问也许不高，但是他所知道的都能见诸实行。

出家以后，他不久就作了一座大寺的方丈。可是没有好久就被驱逐出来。他是要作真和尚，所以他不惜变卖庙产去救济苦人。庙里不要这种方丈。一般地说，方丈的责任是要扩充庙产，而不是救苦救难的。离开大寺，他到一座没有任何产业的庙里作方丈。他自己既没有钱，他还须天天为僧众们找到斋吃。同时，他还举办粥厂等等慈善事业。他穷，他忙，他每日只进一顿简单的素餐，可是他的笑声还是那么洪亮。他的庙里不应佛事，赶到有人来请，他便领着僧众给人家去啐真经，不要报酬。他整天不在庙里，但是他并没忘了修持；他持戒越来越严，对经义也深有所获。他白天在各处筹钱办事，晚间在小室里作工夫。

谁见到这位破和尚也不曾想到他会是个在金子里长起来的阔大爷。

去年,有一天他正给一位圆寂了的和尚念经,他忽然闭上了眼,就坐化了。火葬后,人们在他的身上发现许多舍利。

没有他,我也许一辈子也不会入学读书。没有他,我也许永远想不起帮助别人有什么乐趣与意义。他是不是真的成了佛?我不知道。但是,我的确相信他的居心与苦行是与佛极相近似的。我在精神上物质上都受过他的好处,现在我的确愿意他真的成了佛,并且盼望他以佛心引领我向善,正像在三十五年前,他拉着我去入私塾那样!

他是宗月大师。

选自人民文学出版社《老舍全集》第十一卷

宗月大师俗名应该是叫刘寿绵,所以老舍叫他"刘大叔"。当年,刘寿绵是内务府人,西直门大街半条街都是他们家的。年轻的时候他乐善好施,到四十多岁,家产被骗光了,出家做了和尚。他一生助人无数,悲悯众生,抗战期间更是坚守气节,万民景仰。可以说,刘寿绵先生是那个最早的、点燃了老舍心中那盏善的灯火的人。得知宗月大师圆寂的消息后,身在重庆的老舍先生用饱含感激之情的笔写下了这篇文字。

中国作家协会副主席、著名评论家　李敬泽

JIANG

LI

蒋励 朗读者

蒋励是一位无国界医生。"无国界医生"是一个国际独立人道医疗救援组织,于1971年12月20日在巴黎成立,最初的成员皆为深信全人类都有获得医疗权利的法国医生和记者。目前,这个组织的成员已遍及全球,他们奔赴饱受天灾战乱之苦或者医疗设施极端缺乏的国家和地区,为那里的人们提供无偿的帮助。

读大学时,蒋励就听说了"无国界医生",当时她只觉得这个工作挺酷的,但觉得这事离自己很遥远。2009年毕业之后,蒋励进入北京大学人民医院妇产科工作。2012年一个偶然的机会,她加入了"无国界医生"组织。

2013年4月,她接到的第一个任务,就是去武装冲突频发的阿富汗地区,进行医疗救援的工作。在阿富汗的一百天里,每天都会见到在死亡边缘徘徊的孕产妇,但是同时也见证了许多新生命的诞生。在那里,每一天她要接生四十例新生婴儿,一共接生了大约几千个新生婴儿,而且做到了没有一例孕妇死亡,体现出了一位中国医生崇高的人道主义精神。

曾有人问蒋励,成为一名"无国界医生"后,最大的收获是什么?她想了想说道:"一个医生最大的满足,就是在病人面前,被信任、被需要。"而从蒋励们身上,我们再次感受到了"生命有救期,救援无国界"的人道主义情怀。

朗读者 ❋ **访谈**

董　卿：在阿富汗，有一段时间，孕妇的死亡率甚至高于被爆炸炸死的死亡率。

蒋　励：他们那儿，每十万个孕妇当中大概有四百六十人会因为生产而死亡，相当于咱们国家孕产妇死亡率的二十多倍。但对于我来说，没有办法接受。而且作为一个医生，在那一刻我会想，如果我当时决策更快一些，或者在手术当中这样处理，会不会结果就会好一点？在那个时候我是不是能做些什么来挽救她的生命？

董　卿：他们知道你是从中国来的医生吗？

蒋　励：知道。在阿富汗，因为咱们国家和他们是接壤的，甚至有的人的家属去过中国，他们会向我表达喜欢中国，表达对我们的善意。

董　卿：大概要隔多长时间就可能会遇到爆炸或者袭击？

蒋　励：我没有计算过，但是确实还挺频繁的。我记得有一个晚上，我和先生正在通电话，这时候有一枚炸弹就在我们的围墙外头不远处爆炸了。当时整个房子都在晃。显然我先生在电话那头也听到了这个爆炸声，他特别紧张，说你赶紧趴下，这样就安全了。然后我就在那儿躺着，那一刻我觉得我回不了家了。

董　卿：但是有一个数字是我简直无法想象的，每天接生四十个新生儿，你在那儿三个月的时间，就差不多有三千多个孩子，而且没有一例孕妇死亡。我觉得这几乎就等于没有了睡觉、吃

饭的时间了。

蒋　励：睡觉的时候可能都得非常地警醒，因为随时都有可能会打电话叫你到医院处理一些难产的病例。我们实际上是一个团队，有两名妇产科医生，四名国际助产士，两名麻醉师。

董　卿：在那样一个特殊的地方，你每接生出一个生命，每遇见了一个生命，是不是都觉得特别宝贵？

蒋　励：的确是这样。每当有一个新生命安全地降生，我就会觉得尤其可贵。在我们当时工作的环境里，虽然围墙外头时时刻刻会有那种恐惧的威胁、生命的威胁，但是在医院的围墙里头，我们却能够给他们提供生的希望。所以将来有机会的话，我一定还会去选择"遇见"他们。

董　卿：这段工作结束到现在其实已经有两三年的时间了，再回想，最让你自己骄傲的是什么？

蒋　励：我觉得首先是，作为一个医生，我实现了我救死扶伤的梦想。

另外就是，作为一个中国的医生，让他们知道了，我们在医疗救援的过程当中发挥了越来越多的、重要的作用。

董　卿：你今天要为大家读什么呢？

蒋　励：我当时在日记里记录了一首鲍勃·迪伦的歌词《在风中飘荡》，我希望今天能够朗读这首歌词，把它送给那些在战争中降生的孩子们，因为孩子是我们的未来。

董　卿：太好了！同时参加朗读的，还有三位蒋励的同伴。柴溪来自北京，在使馆和联合国机构工作过多年，2013年在南苏丹的多罗难民营担任"无国界医生"志愿者。李雪峰，来自新疆乌鲁木齐，2015年前往巴基斯坦参与救援工作。魏宝珠，进入"无国界医生"组织十年，曾经在尼日利亚、南苏丹、黎巴嫩、约旦、南非、马拉维、阿富汗参与多项救援项目。

朗读者 ❋ 读本

在风中飘荡

[美] 鲍勃·迪伦

一个人要走过多少路
你才会称他是人？
是啊，一只白鸽要飞过多少海洋
它才能安眠于沙滩？
是啊，加农炮弹要飞多少回
才会永远被禁止？
答案啊，朋友，在风中飘荡
答案在风中飘荡

一座山能存在多少年
在被冲刷入海之前？
是啊，一些人能存活多少年
在获准自由之前？
是啊，一个人能掉头多少回
假装什么都没看见？
答案啊，朋友，在风中飘荡
答案在风中飘荡

一个人要抬头多少回

才看得到天际?
是啊,一个人要有几只耳朵
才听得到人们哭泣?
是啊,要多少人丧命,他才知道
已有太多人死去?
答案啊,朋友,在风中飘荡
答案在风中飘荡

(陈黎　张芬龄 译)
选自广西师范大学出版社《鲍勃·迪伦诗歌集》

　　鲍勃·迪伦除了是目前唯一得到诺贝尔文学奖的音乐人以外,最重要的是他塑造了一个民谣创作的典型。他的作品有一种最强烈的特质就是,他的歌词是最接近诗歌的。诗歌的阅读,就是让阅读者有很多的联想,用来对照自己的生活经验。这是诗歌在所有文学里面最有力量的一个原因。而鲍勃·迪伦就准确地掌握了这一点。他"在美式歌谣的传统下,创造了全新的诗意的表达"(诺贝尔文学奖颁奖词)。

著名词作者　姚谦

没有人是一座孤岛

[英] 约翰·多恩

没有人是一座孤岛
可以自全。
每个人都是大陆的一片，
整体的一部分。
如果海水冲掉一块，
欧洲就减小，
如同一个海岬失掉一角，
如同你的朋友或者你自己的领地失掉一块：
任何人的死亡都是我的损失，
因为我是人类的一员，
因此
不要问丧钟为谁而鸣，
它就为你而鸣。

（张建伟 译）

选自中国法制出版社《法律皇帝的新衣》

这是十七世纪英国玄学派诗人约翰·多恩的诗，因被海明威引用作为书名而声名远播。而鲁迅先生也曾说：

"无穷的远方，无数人们，都和我有关。"或许，这是写作者的格局。当站在一个更高的角度看待万事万物的时候，唯有获得一种普遍的、全人类意义上的责任感，才能让文学表达获得亘古的穿透力。

未选择的路

[美] 罗伯特·弗洛斯特

黄色的树林里分出两条路，
可惜我不能同时去涉足，
我在那路口久久伫立，
我向着一条路极目望去，
直到它消失在丛林深处。

但我却选了另外一条路，
它荒草萋萋，十分幽寂，
显得更诱人、更美丽；
虽然在这两条小路上，
都很少留下旅人的足迹；

虽然那天清晨落叶满地，
两条路都未经脚印污染。

呵,留下一条路等改日再见!
但我知道路径延绵无尽头,
恐怕我难以再回返。

也许多少年后在某个地方,
我将轻声叹息把往事回顾:
一片树林里分出两条路,
而我选了人迹更少的一条,
从此决定了我一生的道路。

(顾子欣 译)
选自外国文学出版社《外国诗2》

  罗伯特·弗洛斯特被称为"美国文学的桂冠诗人",他曾四次获得普利策奖,出版了十几本诗集。他的诗常写自然风光和乡村风尚,蕴含着深刻的、具有象征意义的哲理。《未选择的路》即是如此,明白如话,又意味无穷,它既是人生之路的象征,又包含着选择与承担的勇气。

偷走的孩子

[爱尔兰] 威廉·巴特勒·叶芝

乱石嶙峋中，史留斯树林高地的，
一块地方，向着湖心倾斜低低，
那里有一座小岛，岛上枝叶葱茏，
一只只振翅的苍鹭惊醒
睡意沉沉的水耗子，
那里，我们藏起了自己，
幻想的大缸，里面装满浆果，
还有偷来的樱桃，红红地闪烁。
走吧，人间的孩子！
与一个精灵手拉着手，
走向荒野和河流，
这个世界哭声太多了，你不懂。

那里，月色的银波轻漾，
为灰暗的沙砾抹上了光芒。
在那最遥远的罗赛斯，
我们整夜踩着步子，
交织着古老的舞影，
交换着双手、交换着眼神；
最后连月亮也都已消失，
我们前前后后地跳去，

追赶着一个个气泡；
而这个世界充满了烦恼，
甚至在睡眠中也是如此焦虑。
走吧，噢人间的孩子！
与一个精灵手拉着手，
走向荒野和河流，
这个世界哭声太多了，你不懂。

那里，蜿蜒的水流从
葛兰卡的山岭上往下疾冲，
流入芦苇间的小水坑，
连一颗星星也不能在这里游泳，
我们寻找熟睡的鳟鱼，
在它们的耳朵中低语，
给它们带来一场场不安静的梦。
在那些朝着年轻的溪流中
滴下眼泪的一片片蕨上，
轻轻把身子倾向前方，
走吧，人间的孩子！
与一个精灵手拉着手，
走向荒野和河流，
这个世界哭声太多了，你不懂。

那个眼睛严肃的孩子
正和我们一起走去：

他再也听不到小牛犊

在温暖的山坡上呜呜,

或火炉架上的水壶声声

向他的胸中歌唱着和平,

或望着棕色的耗子

围着燕麦片箱子跳个不已。

因为他走来了,人间的孩子,

与一个精灵手拉着手,

走向荒野和河流,

这个世界哭声太多了,他不懂。

(裘小龙 译)

选自四川文艺出版社《抒情诗人叶芝诗选》

叶芝是爱尔兰伟大的诗人。他的名篇《当你老了》享誉世界,他的墓志铭:"冷眼一瞥,生与死。骑者,且前行。"也体现了生命无尽的积极与旷达。在叶芝的早期作品中,《被偷走的孩子》是名篇,源于一个古老的关于仙女诱拐小孩的传说。叶芝把现实和幻想交织在一起,表达了一种矛盾的思想:不朽的仙景固然美好,但人间的欢乐和感情也就消失了。这种矛盾在叶芝以后的作品中得到了发展,也充满了象征意味。

LIU CHUAN ZHI

柳传志 朗读者

女儿柳青七岁时曾问柳传志这样一个问题：爸爸，你是想做大树，还是小草？他毫不犹豫地回答，我要做大树，而且只做大树。

柳传志被认为是中国最具影响力的商业领袖之一。1984年，四十岁的他和十一名科研人员，从中科院计算所一间不足二十平方米的小平房起步，创办了联想。他成功缔造出一家世界级计算机公司，在世界高科技产业领域为中国人争得了一席之地。他人脉丰厚，缘结四海，顺势借势顺手拈来。虽然他的个人财富远远不及许多商界大佬，但这丝毫不影响他在商业江湖的地位。马云直言他是"中国企业家的楷模"，雷军把他称作"传奇"和"教父"，而王健林在多个场合都不吝表达对他的尊敬和欣赏。

柳传志是改革开放的第一代弄潮儿，见证了中国三十多年来的经济腾飞。很少有他这样的民营企业家，竟为建立一个"没有家族的家族企业"，早早定下"天条"：子女不能进入联想工作，哪怕是实习也不行。也许正是由于这一铁规，联想成长为一家值得信赖并受人尊重的公司；而以柳青、柳甄和柳林为代表的"柳二代"，也得以在联想企业之外的领域大放异彩。

朗读者 ❖ 访谈

董　卿：像您这么成功的人，还记不记得自己第一次遇见失败是在什么时候？
柳传志：我高中毕业那年是1961年，我十七岁。当时上大学的规矩是这样的：提前一个学期先选飞行员，把所有的男生选一遍。莫名其妙地，二百多个学生就把我一个人选上了。
董　卿：那个时候当一个飞行员是特别了不起的事情。
柳传志：尤其是1961年，苏联的第一个宇航员加加林上天，整个中国都是轰动的。我房间里挂的都是加加林的像，当时真觉得自己要走这条路了，特别高兴。但是真到了考大学之前，志愿都填完了，突然老师来找我，表情很严肃地跟我说：由于你身体的某一部分——耳朵，还是有些问题，所以你被淘汰了。我当时听完都不知道是什么意思，再听他说一遍我才明白，原来我当不了飞行员了。这时候，志愿都报完了，考大学的机会也错过了，所以一下就蒙了。
董　卿：因为那时候毕竟年纪太小了，对突如其来的变化是很难承受的。
柳传志：像遭了雷击一样。那天大概学校给我父亲打电话了，晚上，就在我的小房间，父母一起跟我谈了话。谈话大概一个多小时吧，其中有一句非常经典的话，对我的支持作用很大。我爸爸当时说：只要你做一个正直的人，不管做什么行业，都是我的好孩子。当时我心里真的觉得很温暖。关键是第二天，我父亲又去找了学校，又努力去帮我问还能不能上别的大学，这样我就到了西军电（中国人民解放军西安军事电信工程学

院)。后来才了解到,根本不是因为什么耳朵的原因,是因为我有个舅舅是右派。

到西军电念书,我太太跟我同班同学。所以,我要是当了飞行员就到不了西军电,就不会认识龚国兴;不认识龚国兴,就结不了婚,就没有我儿子柳林。没有柳林,我大概也不会去办"联想"了。如果真去做飞行员,我估计做不久被淘汰下来,就是维修工了。所以人生的道路就这么神奇。

董　卿:太难预料了。这也是我们今天为什么要谈"遇见"这个主题词的用意。人生的不可预测,告诉我们在任何时候都要抱着一份希望。遇到了一个挫折,有时候可能也蕴藏着一个机遇,蕴藏着一条新的道路。

我知道您有一个原则,就是您的子女是不准进联想的。那您在家里跟孩子们的关系怎么样呢?

柳传志:我自己感觉还行吧。因为这个问题以前有人问过我,我自己就做了一个折算,我说我和他们30%是朋友,30%是同学,40%是家长。我表达完了以后,他们一致反对。他们认为,有一部分是同学,但家长的比例高过51%。他们说我"控股"。(笑)

董　卿:其实您说的"反对",我觉得是家庭的一种温暖,是家庭成员之间的一种爱。有没有真正有矛盾的时候?比如说真的有些事情大家有了意见,或者说真的您希望他能听您的?

柳传志:有。我儿子上大学的时候,不知道怎么就学着抽烟了,我太太和我父母对抽烟实际上都是很反感的。因此,我太太就跟我儿子谈了,比较严肃,但他可能阳奉阴违,嘴上答应不抽,实际还是抽,结果我太太就一定要我去跟他严肃地谈谈。这时候我就严肃地表明了我的态度:我不能跟他谈。为什么不能谈呢?因为我自己是戒过烟的人,戒烟的难处我知道;抽烟固然不好,但不是什么根本性的问题;如果我真的跟柳林认真地谈,柳林当时就不同意我的意见,那弄得爷俩肯定下不来台。

董　卿:您要真的跟他严肃谈话,他真的会把您顶回去吗?

柳传志:以前没有过,但我不能不做好这种思想准备。我跟太太说,我顶多跟他说:你要能把烟戒了,我高看你,我觉得你了不起。后来柳林自己就真的把烟戒了,这多好。

董　卿:所以您真的是以一种朋友的关系,甚至是以一种朋友的方式在处理这样的问题。

柳传志:其实做父子只能用这样的方式。公司里的同事当真不听我的意见,我就跟他先好好谈一次;二次再犯了,我会在更大的场合跟他谈一次,让别人听见;第三次再犯,我就把你炒了。儿子能炒吗?儿子炒不了,所以只能是用朋友的方式,只能用和缓的方式。这么说,我其实挺怕他的,对吧?

董　卿：不一定是怕，是非常在意。我自己也有切身的体会。我小时候我父亲对我特别严厉，但是后来慢慢随着子女的长大，随着他们慢慢变老，这种关系发生了很微妙的变化，甚至我想他可能心底里偶尔觉得，女儿说的话我也要听。

柳传志：嗯，就是非常在意，非常在意他们的感受。

董　卿：您说过，希望您的孩子是诚实的、正直的，还有其他的愿望吗？

柳传志：我想不仅对他，对我们公司的年轻人，尤其是掌管着权力的年轻人，除了正直以外，还要学会融通。"融通"的意思就是要有理想而不理想化。什么意思呢？就是你要有你追求的目标，但是你不能说你的目标在墙那边，就愣把墙凿个洞过去；你实现了目标，但墙受了更大的损失。所以宁肯迂回一点。在我办公司那个年代，如果我不懂得融通，我相信我早就做了改革的牺牲品，这中间有太多的故事。现在的孩子，未来的不确定性更大，所以要知道什么叫"融通"。

　　另外，还是应该要努力学习知识，要做一个有能力的人，仅仅做一个好人是不够的。

董　卿：我觉得都是非常好的建议，也谢谢您带来的故事：十七岁时遇见的小挫折，决定了您后来遇见了自己的人生伴侣，遇见了自己的事业，一直到今天。您今天想要给我们朗读什么呢？

柳传志：十二天前，我儿子结婚了。应该讲他终于结婚了。结婚的时候，我有一个致辞，后来别人说这个致辞不错，我今天就节选一部分作为朗读的内容。

董　卿：您是想把这段致辞再献给儿子吗？

柳传志：我想献给那些有儿子、儿子还没结婚的父亲们。之所以献给他们，是因为我觉得可能对他们有参考作用。

朗读者 ❧ 读本

写给儿子的信

柳传志

柳林结婚对我们全家来说毫无疑义是头等大事。我的主要任务是把今天的话讲好,要把方方面面的意思都表达了,还要有点深刻的内容,以便于将来载入家庭史册,所以准备这个讲话还真是费神思的事。

我荣幸地有机会给柳林当父亲有四十几年的历史了。近十余年来,他虽也常有欢笑的时候,我总觉得他的大多数快乐是短暂的,是停留在皮肤层面的。多数的时候他表情平淡,略有忧郁。而自从和康乐交了朋友以后,他明显发生了变化。随着时间的推进,他的快乐从皮肤进入到了骨髓、筋脉,进入到了五脏六腑。看来康乐的笑容融化在了柳林的心田里面。柳林开始脑门发亮,眉眼中总带着愉悦和笑意。

柳林是个比较成熟稳重的男人,遇事前思后想,不易冲动。柳林的变化我和他妈自然看在眼里。

我和柳林交流广泛且深刻,其中关于择偶标准,我和他讨论过无数次。所以只要柳林由衷地高兴、幸福,康乐大致属于什么类型,不用我再做了解,只看柳林的态度,心中已有分晓。

在我家的"相亲相爱一家人"的微信群中,康乐以前是见习秘书长。今天,公元2016年12月24日起,康乐将正式担任秘书长一职。康乐的阳光将不仅照向柳林,而且洒向全家,为全家的和睦、幸福、昌盛贡献力量。

这时候应该表达感谢了。首先,我们全家、我们整个大家庭对康健民先生、陈秋霞女士能培养出康乐这样善良、贤淑、聪明、能干、形象内涵俱佳的女儿感到由衷地钦佩,更重要的是能把女儿无私地输送到老柳家当儿媳妇,且掌管钥匙,表示万分感谢。对这样无比珍贵的礼物,我们实在无以回报,只能把儿子送到您那儿当女婿,以表达感激之情。柳林还行,以后如果有冬天存储大白菜、搬蜂窝煤这样的重活儿尽管叫他干,他绝无二话,因为他从小就这么跟着我跟他妈干过很多年。

在我们公司,考察干部有句行话,叫"既要看前门脸也要看后脑勺"。"前门脸"指的是这个人的业绩、能力,他要给人看的地方;"后脑勺"是人的品行,一般考核不到的地方。

柳林不在我们公司上班,我的注意力不放在他的前门脸上,而是在后脑勺上。如实讲,柳林的后脑勺长得还是很漂亮的。柳林善良、忠厚、孝顺,对朋友讲情义、重承诺,说话幽默,有味儿,而且从不高调,他的朋友都认可他。

在我们大家庭中有一个至高无上的尊者,那就是我的父亲。由于柳林在家族中独苗单传的特殊位置,也由于柳林孝顺善良的性格,爷爷奶奶对他的成长高度关注。在他结婚的重要时刻,我要对他讲的一句深刻的话,就是我父亲送给我的一句话,转送给柳林。

我十七岁高中毕业的时刻,由于家庭成分的原因,发生过一个突然的变故,我曾受到重重的一击,我被完全打蒙了。在这时候,父亲和母亲一起和我谈了话。

父亲说:"只要你是一个正直的人,不管你做什么行业,你都是我的好孩子。"父亲的话让我无比温暖。我的一生经历坎坷,天上地下、水中火中,但我父亲的这句话,让我直面任何环境,坦荡应对。

今天,当我要把这句话转送给儿子的时候,我想加一点补充。"正直"两个字本身包含了忠诚坦荡、光明磊落等多种真善美的内涵，我想加的半句话是"懂得融通"，也就是说"有理想而不理想化"。

在我懂事成人的二十世纪五十年代，何曾想过今天世界会是这样，而对你们——你和康乐，将面临着一个更大不确定性的未来，真正理解"有理想而不理想化"也会让你们以强大的心脏面对未来。我想会受益无穷的。

每当看到柳林和康乐相视，会心一笑的时候，这种幸福的光环不但笼罩着你们，而且传递到了我们心中。做父母的有什么比儿女生活幸福还觉得幸福的事呢！尤其是此刻，我从"沙场"退下来，希望要充分享受天伦之乐的时候。

希望柳林、康乐永远相亲相爱。这是柳家的传统，爷爷奶奶、爸爸妈妈、叔叔婶婶，都是这样。我们——我、你妈妈、叔叔、婶婶、姑姑都在热烈地、殷切地盼望看你们结下幸福的果实，越多越好！三十多年前有一个日本电视剧叫《阿信》，电视剧的开头就是在高速列车上，一个满头银发的老奶奶带她的孙子看她创造的产业帝国。我正殷切地盼望着这一天！

再一次感谢各位亲朋好友的到来！

ZHOU XIAO LIN

YIN JIE

周小林　朗读者

殷洁

在四川省成都市的金堂县，有这么个一千二百亩的鲜花山谷。那里曾经是一座荒山，如今一年四季花开不败。它源于一个爱的承诺，一个丈夫对妻子的承诺。他倾尽所有，用十年的时间，为她打造出中国最大的私家花园。这对著名的"神仙眷侣"，就是周小林和殷洁。

回想起三十多年前，是奇妙的缘分将这一南一北两个不相识的人联系到一起。当时正在读书的北京姑娘殷洁跟同学去四川玩，遇到了接待他们的导游周小林。后来几年的书信联络，让这两个人走到了一起。最终殷洁辞去工作，告别京城，随周小林去了南方。那时的她想得很开：婚姻就是一场赌博，那家伙那么拧，兴许会对我好呢，兴许我就赌赢了这一把呢。结果所有人都看到了，她"赌"赢了。结婚二十余年来，他们俩没有停止恋爱。

周小林与殷洁住的屋子，就在山谷正中的缓坡上。现在，周小林仍是殷洁爱不够的人，而走在花海中的殷洁，仍是周小林心中梳着辫子的小女孩。

朗读者 ❖ 访谈

董　卿：你们俩结婚多久了？
周小林：我们俩1991年结婚，到现在有二十六年了。
董　卿：二十六年？为彼此读情诗还是一种生活常态？（对观众）你们都曾经读过情诗吗？
观　众：没有。
董　卿：人生太不完整了。（笑）你也会把自己的写下来，念给她听？
周小林：原来写得很多，现在笔下写得少了，在大地上写，大地上画。
董　卿：那个花园就是你的纸稿，那些花就是你写出来的情诗。怎么就有了这样一个花园呢？
周小林：2002年的时候，我们去了一个叫丹巴的地方。那个地方有世界上最美丽的乡村，有世界上最杰出的建筑，就是碉楼。我对碉楼产生了兴趣，最后我们做了一个中国碉楼数据库。当我们要离开的时候，她就跟我讲，你看，我们一直在漂泊的路上，啥时候停下来？我想要一个小花园。我就跟她讲，你给我一点时间，我送你一个中国最美的私家花园给你。
殷　洁：但是现在这个太大了，我有点hold不住，太大了。
周小林：我们甚至把广州的房子都卖了。砸锅卖铁，我一定要做一个很美的花园送给她。
董　卿：现在你们每天都会在花园里劳作、散步吗？
周小林：对。劳动是必需的，因为也算是土地教会我们诚实吧。就是说对土地千万不要有任何欺骗，因为什么你都可以骗，千万别骗土地，该浇水的时候要浇水，该施肥的时候要施肥，这

样花才会美丽地绽放。现在每天我都带着她去看我们自己种的花儿，有时候甚至晚上十一二点去。

殷　　洁：看月亮、星星。没有雾霾，星光特别漂亮。

董　　卿：我很少羡慕一种生活，但是你们所描述的这种生活真的让我特别羡慕。

周小林：因为我觉得她特别不容易，她大老远地从北京嫁给我。

殷　　洁：那时候我们俩觉得不可能。

周小林：我说怎么不可能啊。她说我在北京，你在四川，多远？我说我考研究生过来啊。其实我的成绩特别特别不好，外语就更不好了。

董　　卿：我还以为你说我考研究生过来，会说我的成绩特别好，没想到你说特别不好。

殷　　洁：他就那么一说，那纯粹是表决心。

董　　卿：最后是用了一种什么方法，她就答应嫁给你了？

周小林：1991年3月的时候，我给她发了封电报，我说我要到北京来。那个时候条件很差嘛，我是坐火车过来的。她到火车站接我，就问：你来干什么？我说：来结婚啊。她说：跟谁啊？我说：跟你啊。那时候真是把她吓着了。

殷　洁：那时候结婚要开证明的，单位介绍信。亲戚朋友都给他结婚礼物，也都收了。

董　卿：还收了人家的钱和礼了？你是破釜沉舟了吗？

殷　洁：当时我就觉得他没有退路了，回不去了。我很感谢老天爷，命运帮我安排这样一个老公。如果他当时给自己留一点点缝儿能退回去，我都不会答应嫁给他。其实我当时跟导演聊天的时候我就说，如果我嫁给一万个人，他都不是那一万零一个，我讲过这句话，真的。他比我小一点，但是也很让着我。

董　卿：你还比太太小一点，可你看上去……我说一个笑话，昨天走完台之后，我说人家这个感情，然后导演来了一句，老夫少妻嘛，感情都挺好的。原来不是这样的，原来你还比她稍微小一点。但是从这个花园，为你建了鲜花山谷这件事情上，我们能够感受到岁月积淀下来的感情。

　　我看你们的家庭文集也拿来了，能随意翻开几篇你觉得有意义的和我们分享吗？

周小林："妹妹，先祝你生日快乐。这个生日对你的意义有些不同，与原来的生日比，在你嫁给我的二十年里，你一岁一岁地长大，而在我的眼里，你仍然是当初嫁给我时那个样子，青春如初。我希望你每天都快乐、幸福。今天你过生日时，我送给你的礼物就是未来那个美丽的花园。"

董　卿：愿意再念一段给我们听吗？

殷　洁：有点肉麻。但他这人不怕肉麻，什么肉麻的话他都可以说。

周小林："今天是公元1994年2月14日，是俺知道并和俺那位情人一起过的第一个情人节。"

董　卿：原来不过情人节？

殷　洁：原来不知道。

周小林："俺要送给她情人节的礼物，清单如下：一个热乎乎的吻，一颗永远爱她的心，一栋美丽的小洋房。"

殷　洁：他在旁边都有图。

周小林："一辆213北京越野吉普车，一首动人的情歌。"

董　卿：什么叫"213北京越野吉普车"？

周小林：原来北京有一种吉普是213的。

董　卿：是北汽集团的吗？

周小林：对。

董　卿：1994年的情人节写下的吗？时隔二十三年，你们来到了一个由北汽集团独家冠名播出的《朗读者》节目。（全场笑）

殷　洁：真是没想到。

董　卿：太神奇了。再次谢谢你们跟我们分享了这么动人的人生故事和动人的情诗。我觉得诗写得再好，可能也比不上两个人真真切切的日子所留下的那些美好的记忆。我把我最喜爱的一句沈从文的情诗，送给你们。只有十个字，但是我觉得深深打动了我。他说："我们相爱一生，还是太短。"祝福你们！

朗读者 ❦ 读本

朱生豪情书（节选）

朱生豪

宋：

心里说不出的恼，难过，真不想你竟这样不了解我。我不知道什么叫作配不配，人间贫富有阶级，地位身份有阶级，才智贤愚有阶级，难道心灵也有阶级吗？我不是漫然把好感给人的人，在校里同学的一年，虽然是那样喜欢你，也从不曾想到要爱你像自己生命一般，于今是这样觉得了。我并不要你也爱我，一切都出于自愿，用不到你不安，你当作我是在爱一个幻象也好。就是说爱，你也不用害怕，我是不会把爱情和友谊分得明白的。我说爱，也不过是纯粹的深切的友情，丝毫没有其他的意思。别离对于我是痛苦，但也不乏相当的安慰，然而我并不希望永久厮守在一起。我是个平凡的人，不像你那么"狂野"，但我厌弃的是平凡的梦。我只愿意凭着这一点灵感的相通，时时带给彼此以慰藉，"像流星的光辉，照耀我疲惫的梦寐，永远存一个安慰，纵然在别离的时候"。当然能够时时见见面叙叙契阔，是最快活的，但即此也并非十分的必要。如果我有梦，那便是这样的梦；如果我有恋爱观，那便是我的恋爱观；如果问我对于友谊的见解，也只是如此。如果我是真心地真爱你（不懂得配与不配，你配不配被我爱或我配不配爱你），我没有不该待你太好的理由，更懂不得为什么该忘记你。我的快乐即是爱你，我的安慰即是思念你，你愿不愿待我好则非我所愿计及。

愿你好。

朱　廿四

　　昨夜我看见郑天然向我苦笑。你被谁吹大了，皮肤像酱油一样，样子很不美。我说，你现在身体很好了。说这句话，心里甚为感动，想把你抱起来高高地丢到天上去。醒来觉得甚是爱你。

　　这两天我很快活，而且骄傲。

　　你这人，有点太不可怕。尤其是，一点也不莫名其妙。

朱

　　昨天上午安乐园冰淇淋上市，可是下午便变成秋天，风吹得怪凉快的。今天上午，简直又变成冬天了。太容易生毛病，愿你保重。

　　昨夜梦见你、郑天然、郑瑞芬等，像是从前同学时的光景，情形记不清楚，但今天对人生很满意。

　　我希望你永远待我好，因此我愿意自己努力学好，但如果终于学不好，你会不会原谅我？对自己我是太失望了。

　　不要愁老之将至，你老了一定很可爱。而且，假如你老了十岁，我当然也同样老了十岁，世界也老了十岁，上帝也老了十岁，一切都是一样。

　　我愿意舍弃一切，以想念你终此一生。

　　所有的恋慕。

蚯蚓　九日

天如愿地冷了，不是吗？

我一定不笑你，因为我没有资格笑你。我们都是世上多余的人，但至少我们对于彼此都是世上最重要的人。

我一天一天明白你的平凡，同时却一天一天愈更深切地爱你。你如照镜子，你不会看得见你特别好的所在，但你如走进我的心里来时，你一定能知道自己是怎样好法。（这是一个很古怪的说法，不是？）

一切不要惶恐，都有魔鬼作主。

我真的非常想要看看你，怎么办？你一定要非常爱你自己，不要让她消瘦，否则我不依。我相信你是个乖。

Lucifer（编者注：魔鬼、撒旦。）

挚爱的朋友：

我已写坏了好几张纸了，越是想写，越是不知写什么话好。让我们不要胡思乱想，好好地活着吧。在我的心目中，你永远是那样可爱的，这已然是一个牢不可拔的成见了。无论怎样远隔着，我的心永远跟你在一起，如果没有你，生命对于我将是不可堪的。

我知道寂寞是深植在我们的根性里，然而如果我的生命已因你而蒙到了祝福的话，我希望你也不要想象你是寂寞的，因为我热望在你的心中占到一个最宝贵的位置。我不愿意有一天我们彼此都只化成了一个记忆，因为记忆无论如何美妙，总是已经过去已经疏远了的。你也许会不相信，我常常想象你是多么美好多么可爱，但实际见了你面的时候，你更比我的想象美好得多可爱得多。你不能说我这是说谎，因为如果不然的话，我满可以仅仅想忆你自足，而不必那样渴望着要看见你了。

我很欢喜，"不记得凝望些什么，一天继续着一天"两句话，说得太寂寞了。但我知道我所凝望着的只是你。

祝好。

朱　十日夜

心爱：

昨夜梦你又来了，而且你哭。你为什么哭呢？是不是因为我们的交好使你感觉不幸？是不是因为我太不好？还是不为什么？

你是太好了，没有人该受到我更深的感激。开始我觉得你有些不够我的理想，你太瘦小了，我的理想是应该颀长的；你太温柔婉约了，我的理想是应该豪放浪漫的。但不久你便把我的理想击为粉碎。现实的你是比我的空虚的理想美得多可爱得多。在你深沉而谦卑的目光下，我更乐意成为你的臣仆，较之在一切骄傲而浮华的俗艳之前。我明白我们在这世上应该找寻的是自己，不是自己以外的人，因为只有自己才能明白自己，谅解自己。我找到了你，便像是找到了我真的自己。如果没有你，即使我爱了一百个人，或有一百个人爱我，我的灵魂也仍将永远彷徨着，因为只有你才是属于我的 type（编者注：类型。），你是 unique（编者注：独一无二，唯一。）的。我将永远永远多么地多么地欢喜你。

梦中得过四句诗，两句再也记不起来，那两句是"剧怜星月凄凄色，又照纤纤行步声"，很像我早期所作的鬼诗。

《孟加拉枪骑兵传》已在大光明卖了一星期满座，尚在继续演映中；

《罪与罚》则如一般只供高级鉴赏者观看的影片一样，昨天已经悄悄地映完了，只有报纸的批评上瞎称赞了一阵，为着原作者和导演人冯史登堡的两尊偶像的缘故。在我看来，它还不能达到理想的地步，虽仍不失为本季中最值得注意的一个作品。除了演员的表演而外，你有没有注意到本片构图和摄影的匠心？

再谈，祝你好。伤风有没有好？做不做夜工？珍摄千万！

朱　九日

朱生豪是非常著名的翻译家，也是中国有名的莎士比亚的译者。他才华横溢，但为人沉默寡言。大学期间，他认识了宋清如，于是用了十年的时间给宋清如写了大量的情诗，不停变幻自己的称呼。真率的语言，直白的表达，体现的都是一颗赤子之心。正是因为这样，这些情书，一直到现在，还为人们所津津乐道。一个才子内心深处的深情与幽默，通过三百多封炙热的情书保留了下来。朱生豪只活了三十二岁，去世的时候抗战的烽烟未散，他热爱的莎士比亚翻译工作也未完，他和宋清如的孩子只有一岁。爱是永恒的，爱的时代底色和生活底色也是永恒的。

北京师范大学文学院教授　康震

ZHANG
ZI
LIN

张梓琳 朗读者

很多人羡慕张梓琳顺遂的人生，出生于书香世家，一路就读名校，二十三岁成为首位华人"世界小姐"，婚后又迎来自己可爱的女儿。

"世界小姐"的光环太大，让张梓琳几乎每时每刻都得保持端庄优雅的形象，这让大部分人都忘了她曾经练过十几年的田径，获得过全运会跨栏比赛的冠军，最擅长100米跨栏和三级跳。她讲话柔声细语，又始终仪态万方，这种反差着实非常奇妙。

"世界小姐"的桂冠，让张梓琳开启了完全不一样的人生。但这么多年来，她始终没有完全步入娱乐圈，而是谨慎地游走在边缘。"我只是一个幸运的普通人。"这是张梓琳给自己的定位。如今的她，从从容容地平衡着自己的多重身份。回想当年大学时期父母为自己规划的道路，张梓琳发现自己俨然回到了原点。"在工作之外，我尽可能让自己回归平凡。"

朗读者 ❋ **访谈**

董　卿：我觉得你的遇见跟别人不太一样，你遇见的是一般人可能体会不到的经历。是什么样的机缘让你去参加那一届的"世界小姐"评选的？

张梓琳：是一个很巧合的机会。我相信这次遇见，可能不曾是我梦寐以求的。因为就条件来说，我的样子，还有其他方面的条件可能并不适合成为一个超模。所以那个时候，我身边很多人告诉我，梓琳，其实你可以去试一试选美。

董　卿：2007年？

张梓琳：对。我2006年暑假从北京科技大学毕业，毕业之后做了半年的职业模特，然后在2007年3月份的时候，去参加世界小姐的比赛。总决赛印象很深，是在那一年的12月1日。到今年应该是整整十年了。已经很长时间没有这么仔细回忆过当时的场景了。现在想来，我最大的感觉还是两个字：意外。（笑）我觉得我在那个阵营里不是最优秀的，但是"世界小姐"总决赛的主席莫莉夫人把我选出来，我相信她认为我是可以为这个组织而工作的，所以我在那一年里就很努力。我遇见了这顶皇冠，也开始了我新的人生旅途。在那之前我可能连坐飞机的次数都不是很多，在那之后，我一年之内可能去了将近二十个国家和地区。

董　卿：一年跑了二十多个国家和地区？

张梓琳：对。有的地方还去过好几次，非洲去过两三次。当时的统计，我参与募集的善款总额超过三千二百万美元，也是比较好的

成绩。

董　卿：时隔十年之后，在2016年，你遇到了一个新的角色，就是成为母亲。

张梓琳：对。这个新的角色，也是我生活中很重要的一个组成部分。

董　卿：这两种"遇见"带给你的是完全不同的感受吗？

张梓琳：完全不同。"世界小姐"，可能算作是一个社会属性，而妈妈这个身份，应该算是一个家庭属性。我会尽力地去平衡它们之间的关系。

董　卿：在一般人看来，"世界小姐"是不寻常的，而妈妈是比较平常的。

张梓琳：对。平常而不寻常。当然，生命中会有很多次的遇见，都会带给我们无尽的惊喜和感动，这两次也是一样。"世界小姐"带给我最多的是惊喜，而妈妈的角色可能会让我的内心变得更丰富，让我整个人变得更感性，让我的生活更立体。

董　卿：变成妈妈之后你有什么改变吗？
张梓琳：最大的改变应该是内心比以前更柔软了。我本来就是很喜欢小朋友的人，但是当有了自己的女儿的时候，你还是会觉得，哇，原来她是属于我自己的。有的时候我抱着她就会觉得心里面软软的。
董　卿：现在已经全面开放二胎政策了，你考虑吗？
张梓琳：大家都在问，我有考虑。因为我和我先生都很喜欢小朋友。孩子早晚会离父母远去，他们会有自己的生活圈子。我希望她能够有兄弟姐妹的陪伴。
董　卿：我们看到梓琳带来的照片里边，有两张是跟孩子的照片，非常非常可爱。
张梓琳：这是带她去法国巴黎，第一次长途飞机出国，也是产后复出的第一个工作。另一张是我的女儿和我的狗狗，狗狗也陪伴了我很多年，距离"遇见"它也有十几年的时间了，它今年也有十二岁了。
董　卿：多么温馨、美好的画面！美丽的妈妈，健康的孩子，还有一只可爱的狗狗。很好。其实我觉得，如果女性的美丽只是简单地用来做展示，也许它的意义不是那么大；但如果美丽转化成一种能力，去帮助更多的人，甚至让自己变得更好，那它就是很有价值、很有意义的事情了。我觉得这可能就是梓琳带给我们的感受。那你今天要给我们朗读什么？
张梓琳：我今天要朗读一个很特别的章节，是作家刘瑜的《愿你慢慢长大》的一个片段。
董　卿：我非常喜欢这篇文章，她也是写给自己女儿的。
张梓琳：是。我没有孩子的时候，看它没有太大的感受，但是现在再一次读起它，内心会泛起很多波澜。我觉得每一句话都仿佛写在了我的心坎上。

董　卿：特别是文章最后的两句话：愿你有好运气，如果没有，希望你学会慈悲。愿你被很多人爱，如果没有，希望你学会宽容。

张梓琳：对。非常美好。

董　卿：所以，这也是你对孩子的期望吗？

张梓琳：是的。我现在有了小孩子，我真的希望给予她的是最简单的快乐，最简单的自由，而不是那些强加于她身上的所谓的"成功"。所以在这一点上，我还是希望她能够顺其自然，慢慢地长大。

朗读者 ❦ 读本

愿你慢慢长大

刘瑜

亲爱的小布谷：

今年"六一"儿童节，正好是你满百天的日子。

当我写下"百天"这个字眼的时候，着实被它吓了一跳——一个人竟然可以这样小，小到以天计。在过去一百天里，你像个小魔术师一样，每天变出一堆糖果给爸爸妈妈吃。如果没有你，这一百天，就会像它之前的一百天，以及它之后的一百天一样，陷入混沌的时间之流，绵绵不绝而不知所终。

就在几天前，妈妈和一个阿姨聊天，她问我：为什么你决定要孩子？我用了一个很常见也很偷懒的回答：为了让人生更完整。她反问：这岂不是很自私？用别人的生命来使你的生命更"完整"？是啊，我想她是对的。但我想不出一个不自私的生孩子的理由。古人说"不孝有三，无后为大"，不自私吗？现代人说"我喜欢小孩"，不自私吗？生物学家说"为了人类的繁衍"，哎呀，听上去多么神圣，但也不过是将一个人的自私替换成了一个物种甚至一群基因的自私而已。对了，有个叫道金斯的英国老头儿写过一本书叫《自私的基因》，你长大了一定要找来这本书读读，你还可以找来他的其他书读读，妈妈希望你以后是个爱科学的孩子。当然妈妈也希望你在爱科学的同时，能够找到自己的方式挣脱虚无。

因为生孩子是件很"自私"的事情，所以母亲节那天，看到铺天盖地"感谢母亲""伟大的母爱"之类的口号时,我只觉得不安甚至难堪。我一直有个不太正确的看法:母亲对孩子的爱,不过是她为生孩子这个选择承担后果而已,谈不上什么"伟大"。以前我不是母亲的时候不敢说这话,现在终于可以坦然说出来了。甚至,我想,应该被感谢的是孩子,是他们让父母的生命更"完整",让他们的虚空有所寄托,让他们体验到生命层层开放的神秘与欣喜,最重要的是,让他们体验到尽情地爱——那是一种自由,不是吗?能够放下所有戒备去信马由缰地爱,那简直是最大的自由。作为母亲,我感谢你给我这种自由。

也因为生孩子是件自私的事情,我不敢对你的未来有什么"寄望"。没有几个汉语词汇比"望子成龙"更令我不安,事实上这四个字简直令我感到愤怒:有本事你自己"成龙"好了,为什么要望子成龙?如果汉语里有个成语叫"望爸成龙"或者"望妈成龙",当父母的会不会觉得很无礼?所以,小布谷,等你长大,如果你想当一个华尔街的银行家,那就去努力吧。但如果你仅仅想当一个面包师,那也不错。如果你想从政,只要出于恰当的理由,妈妈一定支持,但如果你只想做个动物园饲养员,那也挺好。我所希望的只是,在成长的过程中,你能幸运地找到自己的梦想——不是每个人都能找到人生的方向感,又恰好拥有与这个梦想相匹配的能力——也不是每个人都有与其梦想成比例的能力。是的,我祈祷你能"成功",但我所理解的成功,是一个人对自己所做的事情有敬畏与热情——在妈妈看来,一个每天早上起床都觉得上班是个负担的律师,并不比一个骄傲地对顾客说"看,这个发型剪得漂亮吧"的理发师更加成功。

但是,对你的"成就"无所寄望并不等于对你的品格无所寄望。妈妈希望你来到这个世界不是白来一趟,能有愿望和能力领略它波光潋滟的好,并以自己的好来成全它的更好。妈妈相信人的本质是无穷绽放，人的尊严体现在向着真善美无尽奔跑，所以，我希望你是个有求知欲的人，大到"宇宙之外是什么"，小到"我每天拉的屎冲下马桶后去了哪里"，都可以引起你的好奇心；我希望你是个有同情心的人，对他人的痛苦——哪怕是动物的痛苦——抱有最大程度的想象力因而对任何形式的伤害抱有最大程度的戒备心；我希望你是个有责任感的人，意识到我们所拥有的自由、和平、公正就像我们拥有的房子车子一样，它们既非从天而降，也非一劳永逸，需要我们每个人去努力追求与奋力呵护；我希望你有勇气，能够在强权、暴力、诱惑、舆论甚至小圈子的温暖面前坚持说出"那个皇帝其实并没有穿什么新衣"；我希望你敏感，能够捕捉到美与不美之间势不两立的差异，能够在博物馆和音乐厅之外、生活层峦叠嶂的细节里发现艺术；作为一个女孩，我还希望你有梦想，你的青春与人生不仅仅为爱情和婚姻所定义。这个清单已经太长了是吗？对品格的寄望也是一种苛刻是吗？好吧，与其说妈妈希望你成为那样的人，不如说妈妈希望你能和妈妈相互勉励，帮助对方成为那样的人。

有一次妈妈和朋友们聊天，我说希望以后"能和自己的孩子成为好朋友"，结果受到了朋友们的集体嘲笑。他们说,这事可没什么盼头，因为你不能预测你的孩子将长成什么样。一个喜欢读托尔斯泰的妈妈可能生出一个喜欢读《兵器知识》的小孩，一个茶党妈妈可能生出一个信仰共产主义的小孩，一个热爱古典音乐的妈妈可能生出一个热爱摇滚的小孩，甚至，一个什么都喜欢的妈妈可能生出一个什么都不喜欢的小孩……而就算他价值观念、兴趣爱好都和你相近，他也宁愿和他的同龄人交流而不是你。所以，朋友们告诫我，还是别做梦有一天和你的孩子成为朋友啦。好吧，妈妈不做这个梦了，我不指望你十五岁那年和爸爸妈妈成立一个读书小组，或者二十五岁那年去非洲旅行时叫上妈妈。如果有一天你发展出一个与妈妈截然不同的自我，我希望能为你的独立而高兴。如果你宁愿跟你那个满脸青春痘的胖姑娘同桌而不是妈妈交流人生，那么我会为你的人缘儿而高兴。如果——那简直是一定的——我们为"中国往何处去"以及"今晚该吃什么"吵得不可开交，如果——那也是极有可能的——你也像妈妈一样脾气火爆，我也希望你愤然离家出走的时候记得带上手机、钥匙和钱包。

　　小布谷，你看，我已经把太多注意力放在"以后"上面了，事实上对"以后"的执着常常伤害人对当下的珍视。怀孕的时候，妈妈天天盼着你能健康出生；你健康出生以后，妈妈又盼着你能尽快满月；满月之后盼百天，百天之后盼周岁……也许妈妈应该把目光从未来拉回到现在，对，现在。现在的你，有一百个烦人的理由，你有时候因为吃不够哭，有时候又因为厌奶哭；你半夜总醒，醒了又不肯睡；你常常肠绞痛，肠绞痛刚有好转又开始发低烧，发烧刚好又开始得湿疹……但就在筋疲力尽的妈妈开始考虑是把你卖给马戏团还是把你扔进垃圾桶时，你却靠在妈妈怀里突然憨憨地一笑，小眼睛眯眯着，小肉堆堆着，就这一笑，又足以让妈妈升起"累死算了"的豪情。岂止你的笑，你睡着时嘴巴像小鱼一样嗡嗡嗡的样子，你咿咿呀呀时耸耸着的鼻子，你消失在层层下巴之后的脖子，你边吃奶边哭时"哎呀哎呀"的声音，你可以数得出根数却被妈妈称为浓密的睫毛，都给妈妈带来那么多惊喜。妈妈以前不知道人会抬头这事也会让人喜悦，手有五个手指头这事也会让人振奋，一个人嘴里吐出一个"哦"字也值得奔走相告——但是你牵着妈妈的手，引领妈妈穿过存在的虚空，重新发现生命的奇迹。现在，妈妈在这个奇迹的万丈光芒中呆若木鸡，妈妈唯愿你能对她始终保持耐心，无论阴晴圆缺，无论世事变迁，都不松开那只牵引她的手。

小布谷，愿你慢慢长大。

愿你有好运气，如果没有，愿你在不幸中学会慈悲。

愿你被很多人爱，如果没有，愿你在寂寞中学会宽容。

愿你一生一世每天都可以睡到自然醒。

布妈

选自人民文学出版社《成长，请带上这封信》

刘瑜的文字，天然地具有一种情理兼备的气质。在这封饱含深情的女儿寄语，或者母亲明志式的文字中，体现得更为充分。初为人母内心深处涌动的温柔情愫，与了解教育的益处和弊端的知识女性的理智冷静，在这篇文字中悠然"遇见"。一份笃定的爱和一丝学着做家长的诚惶诚恐打动着所有母亲的心。傅雷说，孩子，你要做一个赤子；汪曾祺说，我们是多年父子成兄弟；丰子恺说，我在世间，永没有逢到像你们这样出肺肝相示的人……人世间这一次相遇，终究是孩子慢慢长大，父母慢慢变老。

X U
Y U A N
C H O N G

许渊冲 朗读者

九十六岁的许渊冲鹤发白眉,声如洪钟。作为和傅雷、钱锺书同时代的资深翻译家,他已出版了一百二十多本译作和翻译理论著作。中国的古代经典被他译为英文和法文,而外国文学名著又被他译为了中文。

这位老先生崇尚勇士精神,最好比试。一部外国名著动辄数十种译本,譬如《红与黑》就先后有赵瑞蕻、罗玉君、罗新璋、张冠尧等名家译过,不同译本孰优孰劣,旁人常说"各有千秋"。只有许老先生不喜欢这么说,他来下结论总是:"我比别人译得好。"他还向来喜爱在名片上自我推介,印上"书销中外百余本,诗译英法唯一人""遗欧赠美千首诗,不是院士胜院士"等。"我们中国人,就应该有点狂的精神。"他对自己竖起大拇指。

多年来,许渊冲是翻译界的"少数派"。也许有人会对他张扬的个性、独特的翻译之道颇有微词,但他在中、英、法三种文字之间互译之创举以及业绩之丰硕,确实无可辩驳。2014 年,他获得国际翻译界最高奖项——"北极光"杰出文学翻译奖,成为首位获此殊荣的亚洲翻译家。如今,年过九旬的许老先生仍笔耕不辍。

朗读者 ❊ 访谈

董　卿：大家看到现在大屏幕上的这句英文诗：Love once begun, will never end. The lovers may die for love, in China the dead in love may revive. 其实它是源自《牡丹亭》当中的一句唱词："情不知所起，一往而深，生者可以死，死可以生。"那么是谁把《牡丹亭》翻译成了英文呢？是一位老人，他不仅翻译了《牡丹亭》，《诗经》《楚辞》《唐诗》《宋词》《西厢记》他都翻成了英语和法语，同时他又把《追忆似水流年》《红与黑》、莎士比亚等等翻成了中文。可以说因为他，我们"遇见"了包法利夫人，我们"遇见"了于连，我们"遇见"了李尔王；也因为他，西方世界"遇见"了李白、杜甫，"遇见"了崔莺莺、杜丽娘。他就是今年已经九十六岁的著名翻译家许渊冲先生！

　　　　许先生上来就给我递了张名片：书销中外百余本，诗译英法唯一人，北京大学许渊冲。您是见了谁都递一张这个名片吗？

许渊冲：我的名字已经比名片还响了。名片不送人家也知道。

董　卿：您这名片上"书销中外百余本"，这是实事求是，后面还加了一句，"诗译英法唯一人"，您不怕这名片递出去了，别人会有想法啊？

许渊冲：我实事求是。"书销中外百余本"，书在那儿了。"诗译英法唯一人"，这也是事实。这是六十年前的事了。六十年前，也就是1958年，我已经出版了一本中译英，一本中译法，

一本英译中，一本英译法，就是说六十年前我已经一样出一本了，那个时候全世界没有第二个人。

1942年我翻的第一本书。翻诗是1939年。1939年对我而言，是个奇遇年。老师我碰到钱锺书。男同学，碰到杨振宁；女同学，碰到了周颜玉。我翻的第一首诗，就是《别丢掉》。

董　卿：林徽因写的《别丢掉》，是您翻的第一首诗。

许渊冲：其实翻这个诗是因为喜欢一个女同学。

董　卿：为什么喜欢女同学要翻这首诗呢？

许渊冲：《别丢掉》是林徽因写给徐志摩的。林徽因热爱徐志摩，但是她嫁给了梁思成。结果徐志摩的飞机撞山死了。林徽因走过徐志摩的故乡，见景生情：一样是明月，一样是隔山灯火，只有人不见，梦似的挂起。所以见景生情啊。我感觉林徽因这个情感很真、很美，所以就把这个诗翻成英文了。然后寄给她。当时我写信给她，不知道她已经有人了。

董　卿：所以您翻那个《别丢掉》也是白翻了。

许渊冲：也没有白翻，五十年后她给我回信了。

董　卿：五十年后她才给您回信？

许渊冲：五十年后我得了大奖，报上登了。她在台湾看到这个消息，就回了我这封五十年前的信。在那个时候我也结了婚，她也结了婚。生活的每一天都能欣赏，失败有失败的美。回想当年，感觉还是很美的。而且我认为人生最大的乐趣是创造美、发现美。同样一句话，我翻得比人家好或者翻得比自己更好，在我就是乐趣。这个乐趣很大，别人夺不走的。

董　卿：其实老爷子现在每天还要工作到凌晨三四点钟，一般的年轻人都做不到。

许渊冲：我喜欢夜里做事。这也不是我说的，我"偷"来的，"偷"谁的？偷爱尔兰一个诗人托马斯·穆尔的。他说：The best of all ways（一切办法中最好的办法），To lengthen our days（延长白天最好的办法），To steal some hours from the night（是从夜里面偷几点钟）。

董　卿：就是熬夜。（全场笑）

许渊冲：我就是每一天从夜里偷几点钟来弥补我白天的损失。

董　卿：您现在天天还翻什么呢？

许渊冲：最近在翻莎士比亚。

董　卿：还在翻莎士比亚，您不是已经翻了莎士比亚悲剧？

许渊冲：莎士比亚已经翻译出版了六本，一共交稿了十本。说老实话，能出一本是一本，不敢吹牛。活一天是一天。

董　卿：我们现在都要定个小目标是不是？

许渊冲：如果我活到一百岁，我计划把莎士比亚翻完。

董　卿：把莎士比亚翻完就意味着还有三十多本呢。

许渊冲：不到三十本。

董　卿：我发现每一个小目标都很宏大。不过，对许老先生，我之前是很佩服他，今天跟他面对面交流之后，我很喜爱他。我就觉得，他怎么还能有这么充沛的情感！不仅仅是精力，是情感。在说到某一个动情处的时候，立刻就热泪盈眶。热泪盈眶是心还很年轻的标志。而且一说到翻译，他真的是乐在其中。你跟他说什么他最后都给你绕回去，绕到他想说的那件事情上。他真的很了不起。"床前明月光"我们都会背，但怎么翻？哪个英文好点儿的跟我说你敢翻。

许渊冲：这个不难翻。（全场笑）"床前明月光"是说月光如水，Pool of light, 然后"低头思故乡"翻的是 (Bowing) In homesickness I'm drowned, 我沉浸在乡愁中。就是说我把乡愁也比作水，把明月光也比作水，这样，我就胜过前人的译本了。月光如水，我乡愁也如水，这样也就把那团圆的观念大概翻译出来了。不能光翻字，要想意蕴，这就是翻译的妙处，也是我得到乐趣的地方。

董　卿：也难怪许先生翻译的《中国古诗词三百首》被诺贝尔文学奖评委评论为是"伟大的中国传统文化的样本"。但是你们都想不到，2007 年，老先生就得了直肠癌，那个时候医生说，最多也就七年的生命了，是吧？

许渊冲：是。看见没有，生命自己可以掌握的。医生说你是七年寿命。我说七年也不错嘛！能活七年，我喜欢什么做什么。

董　卿：那个七年您一样在工作是吗？

许渊冲：我七年还做出来不少呢。我记不住多少了，反正我照常做我的事，结果活得好好的，没事。

董　卿：不仅活得好好的，到了2014年，就是医生所说的那个原本生命的终点，还拿了一个最高奖项。

许渊冲：对了。我已经忘记他说的话了。不知道哪一个作家说的了：生命并不是你活了多少日子，而是你记住了多少日子。你要使你过的每一天都值得记忆。

董　卿：说得真好！许先生当年念西南联大。西南联大的校歌中有一句：中兴业，须人杰。为了我们的国家，必须要成为杰出的人才。您做到了。再次向您致敬。

朗读者 ❦ 读本

诗经·小雅·采薇（节选）

昔我往矣，杨柳依依。
今我来思，雨雪霏霏。
行道迟迟，载渴载饥。
我心伤悲，莫知我哀。

Livre de la Poésie Odes
Un Soldat nostalgique

À mon départ,

Le saule en pleurs.

Au retour tard,

La neige en fleurs.

Lents, lents mes pas.

Lourd, lourd mon cœur;

J'ai faim; j'ai soif,

Quelle douleur!

(Traduit par Xu Yuanchong)

选自中国市场出版社《大中华文库·诗经》（汉法对照本）

如愿·人生七阶

[英] 威廉·莎士比亚

世界就是一个舞台，男男女女都扮演着不同的角色。他们都有上场和下场的时候。一个人一生可以分为七幕：第一幕演的是婴儿，在奶妈怀里咿咿呀呀，吃吃吐吐。第二幕是学童，去上学时愁眉苦脸，走起路来慢得像蜗牛在爬行，放学时却满脸笑容，拿起书包就跑。第三幕是情人，唉声叹气像火炉上的开水壶，写一首自作多情的恋歌，赞美恋人的眉毛如一弯新月。第四幕是当兵，满口赌咒发誓，满脸胡子犹如豹皮。争功夺赏，吵嘴打架，在炮火中寻找水上的浮名。第五幕是做官。圆圆的肚皮里面塞满了肥鸡瘦肉，肚子胀得像个鸡蛋，眼睛尖得像针，胡子硬得像刺，说起话来引经据典，举起例来博古通今，就这样演出了一个当官的红人。第六幕变成了一个瘦老头。穿着拖鞋和邋遢的长裤，鼻子上架着眼镜，腰间挂着钱包，燕尾服紧束的裤腿在瘦削的大腿上却显得宽松，洪亮的声音又恢复了儿童时代的尖嗓子，听起来像哨音或笛声。最后一幕，结束了这丰富多彩的人生经历，再现了第二个儿童时代，出现了遗忘的岁月：有眼无珠，有口无牙，有舌无味，一个一塌糊涂的晚年。

（许渊冲 译）

As You Like It

William Shakespeare

All the world's a stage,
And all the men and women merely players:
They have their exits and their entrances,
And one man in his time plays many parts,
His acts being seven ages. At first, the infant,
Mewling and puking in the nurse's arms.
Then the whining school-boy, with his satchel
And shining morning-face, creeping like snail
Unwillingly to school. And then the lover,
Sighing like furnace, with a woeful ballad
Made to his mistress' eyebrow. Then a soldier,
Full of strange oaths, and bearded like the pard,
Jealous in honour, sudden, and quick in quarrel,
Seeking the bubble reputation
Even in the cannon's mouth. And then the justice,
In fair round belly with good capon lin'd,
With eyes severe and beard of formal cut,
Full of wise saws and modern instances;
And so he plays his part. The sixth age shifts
Into the lean and slipper'd pantaloon,
With spectacles on nose and pouch on side;

His youthful hose, well sav'd, a world too wide
For his shrunk shank; and his big manly voice,
Turning again toward childish treble, pipes
And whistles in his sound. Last scene of all,
That ends this strange eventful history,
Is second childishness, and mere oblivion,
Sans teeth, sans eyes, sans taste, sans everything.

哈梦莱（节选）

[英] 威廉·莎士比亚

  无论过去还是现在，演戏的目的都是要给自然或现实照照镜子，要给德行看看自己的面目，傲慢看看自己的嘴脸，时代和社会看到自己整体的形象和受到的压力。表演过火或者拖泥带水虽然可以博得无知观众的一笑，却会使有识之士感到痛心。你们应该把后者的批评看得重于前者的满堂掌声。

（许渊冲　译）

选自海豚出版社《哈梦莱》

四百年以前，他是一位杰出的戏剧家、诗人、演员、剧团掌门人；四百年间，他是戏剧舞台上的一个灵魂，是文学文本中的一种精神，是一代又一代文学家、批评家、翻译家、导演和演员们心中追逐的一道光芒，一种思想，一个境界；而今天，他不仅出现在剧院、图书馆、课堂、研究所，他还是银幕和荧屏背后的一个存在；他甚至是一件衬衣上的形象，一个商标上的符号。他的一句台词可能是一部小说的书名，一句诗可能出现在电影或电视中，甚至他剧作中人物的一句台词会成为人们的口头禅。很难想象，在未来的岁月中，他还能是什么，还能怎样出现在后人的眼中和心中，还能如何影响一代又一代人的生活和灵魂。但可以肯定的是，在变化万千的身影中，在闪耀千秋的光晕后，他永不消亡。他就是威廉·莎士比亚。

中国著名诗人、翻译家　屠岸

沁园春·雪

毛泽东

北国风光,千里冰封,万里雪飘。望长城内外,惟余莽莽;大河上下,顿失滔滔。山舞银蛇,原驰蜡象,欲与天公试比高。须晴日,看红装素裹,分外妖娆。　江山如此多娇,引无数英雄竞折腰。惜秦皇汉武,略输文采;唐宗宋祖,稍逊风骚。一代天骄,成吉思汗,只识弯弓射大雕。俱往矣,数风流人物,还看今朝。

Tune: Spring in a Pleasure Garden
Snow

Mao Zedong

See what the northern countries show:
Hundreds of leagues ice-bound go;
Thousands of leagues flies snow.
Behold! Within and without the Great Wall
The boundless land is clad in white,
And up and down the Yellow River,
All the endless waves are lost to sight.
Mountains like silver serpents dancing,
Highlands like waxy elephants advancing,

All try to match the sky in height.

Wait till the day is fine

And see the fair bask in sparkling sunshine,

What an enchanting sight!

Our motherland so rich in beauty

Has made countless heroes vie to pay her their duty.

But alas! Qin Huang and Han Wu

In culture not well bred,

And Tang Zong and Song Zu

In letters not wide read.

And Genghis Khan, proud son of Heaven for a day,

Knew only shooting eagles by bending his bows.

They have all passed away;

Brilliant heroes are those

Whom we will see today!

(Translated by Xu Yuanchong)

选自中译出版社《许渊冲译毛泽东诗词》

约翰·克里斯托夫（节选）

[法] 罗曼·罗兰

可爱的艺术，在阴暗的时刻……

生命消逝了。肉体和灵魂像波浪滚滚而去。岁月在老树的肉体上刻下了年轮。整个有形的世界都在除旧迎新。只有你，不朽的音乐啊，不会随波而去。你是内心的海洋。你是深刻的灵魂。在你明亮的眼睛里，生命不会照出阴暗的面孔。时热时冷、焦急不安、犹豫不定的日子，像飞渡的乱云远远离开了你。只有你不会成为过去。你在世界之外。你本身就是个世界。你有你的太阳，引导你的行星，你有你的引力、数量、规律。你和群星一样平静，在夜空中划出了光明的航线——像无形的金牛拉着银犁耕田。

音乐啊，平静的朋友，你的光辉如同月色，对被太阳的强光照累的眼睛是多么柔和啊！公共饮水池给人用脚搅浑了，要喝净水的灵魂赶快到你怀里来吸梦寐以求的奶汁甘泉。音乐啊，你是一个白璧无瑕的母亲，你纯洁的体内热情奔放，你湖光般的眼色像山川一样淡绿，你芦苇色的眼睛里包藏着形形色色的善和恶——你是超乎善恶之上的；无论善恶，只要藏在你体内，就超出了时间的范围；无论多少日子，对你说来，都只等于一天；死亡可以吞下一切，但没有咬你的利牙。

音乐，你安慰了我痛苦的灵魂；音乐，你使我平静、坚强、快乐——你给了我爱情、财富——我吻你纯洁的嘴唇，在你蜜一般的软发里藏着我的脸，把我发烧的眼皮贴着你温柔的手掌。我们都不说话，闭着眼睛。但我看见你眼里永不消失的光辉，我痛饮你嘴上醉人的笑容，我蹲在你心里听永恒生命的跳动。

（许渊冲 译）

选自中央编译出版社《约翰·克里斯托夫》

罗曼·罗兰是享誉世界的作家，也是著名的社会活动家，他用戏剧写法国大革命，用名人传记写英雄主义，用小说张扬理想主义。他反对战争和暴力，倡导个人精神独立。"五四"运动以后，中国曾经出现过崇拜罗曼·罗兰的狂热期，鲁迅、茅盾、郑振铎都曾向中国读者介绍过他；而他去世之后，宋庆龄、郭沫若、萧军、艾青、焦菊隐等都曾写过悼念文章。他的《约翰·克利斯朵夫》《贝多芬传》因傅雷充满激情的译笔影响了几代中国人。那"扼住命运咽喉"的诗意表达，至今都是强人意志和理想主义的代名词。1915年，诺贝尔文学奖的颁奖词这么评价罗曼·罗兰："我们颂扬他文学作品中高尚的理想主义，以及他在描述不同类型的人们中表达出的怜悯心和真理之爱。"

（以上文本均由许渊冲的好友、学生朗读。他们是：李亚舒，原中科院国际交流中心翻译部主任，中国译协副会长；黄必康，北大外国语学院教授；杨俊峰，大连外国语大学副校长；党争胜，西安外国语大学副校长；贾洪伟，许渊冲翻译与比较文化研究院执行院长；陈寒，苏州大学外国语学院讲师；边海玲，海豚出版社文学馆总监；洪健城、田小花、璐易分别是来自泰国、英国、匈牙利的留学生。）

陪　伴

Accompany

为什么我们需要陪伴？因为陪伴很温暖，它意味着这个世界上，有人愿意把最美好的东西给你，那就是时间。当然陪伴也是一个很平常的词，日复一日，年复一年，到最后陪伴就成为了一种习惯。

"草，在结它的种子；风，在摇它的叶子。我们俩站着不说话。"在顾城的诗里，陪伴就是这么简单而美好。而在我们每一个人的生命里，会遇到各种各样的陪伴。比如学生时代，同学之间几年的陪伴；比如夫妻之间，相濡以沫几十年的陪伴；比如父母与孩子，生命与血脉注定一生的陪伴。

在这个主题中，最让我们感动的是杨乃斌，一个在八个月的时候失去了听力的孩子，为了能够让他像健全人一样地成长，他的母亲从他上小学的那一天开始，就成了他的同班同学，一直陪了他十六年，所以说，陪伴也是一种力量。

在这个世界上，没有一个人是孤岛，失去了陪伴，也就失去了生存的意义。

陪 伴

Accompany

Readers

YANG NAI BIN

杨乃斌 朗读者

在这个世界上,有多少幸福的存在,可能就会有多少不幸的存在。杨乃斌在八个月大的时候,因为发烧导致耳膜出血,失去了听力。他的母亲为了让他能像健全人一样成长,执意要把他送入普通全日制学校。所以从他念书的第一天开始,妈妈就成了他的同班同学。小学、中学、大学,整整十六年。这十六年的陪伴,充满了艰苦,也充满了力量。

杨乃斌的妈妈叫陶艳波。她为儿子辞去了工作,专门从黑龙江到北京去学习唇语,然后一点点地教儿子说话、识字。她每天几乎从早到晚都陪伴在儿子身边,做儿子的"同桌妈妈",使他像正常孩子一样完成了学业,最终顺利考上大学。这中间的艰辛旁人无法想象。但陶艳波从未有过怨言,她说:"教育乃斌是我一辈子的职责。一个母亲,为了孩子,一切都值得。只是坚持走的路比别人长一点。"

杨乃斌说:"从小,我的世界是寂静无声的。他们说,我这辈子也就这样了。我母亲不甘心,为了能让我说话,十六年,五千八百四十天,三万四千五百六十个学时,始终陪着我。他们说,你就是一个奇迹。我说,奇迹的名字叫作母亲。"

朗读者 ✿ 访谈

董　卿：第一次听到你们俩故事的时候，我都不敢相信，怎么可能妈妈陪着孩子上了十六年学？如果去聋哑学校，可能就不需要你费那么大劲去陪着他了。你为什么执意要把他送到健全孩子的学校？

陶艳波：聋哑学校更没有语言环境了。孩子一生，你想，以后走进社会，他不会说话，心里有任何委屈都无法表达出来，那对孩子太不公平了。

董　卿：出于母亲一种强烈的保护心理，就希望他能够像健全人一样。

陶艳波：希望孩子有个幸福的人生。

董　卿：可是一般的学校是不收聋哑儿童的。

陶艳波：是。他七岁，该上正常学校的时候，所有的学校都不收他。我就一遍一遍地求校长。

董　卿：你还记得那时候跟妈妈一家一家去找学校，去求校长的事吗？

杨乃斌：还记得。有一次我和妈妈去一个小学，那个时候已经傍晚了，校长躲着妈妈，然后妈妈就坐在操场哭。我就跟妈妈说，妈妈别哭，咱们俩还有很多学校没去呢。咱们明天再去别的学校看看。妈妈就不哭了，说乃斌很坚强，咱们不放弃，明天我再带你去别的学校看看。我发誓，只要我活着，我就一定要让你有学上。

董　卿：刚开始进学校，因为老师的语速是正常的，不可能像妈妈那样耐心，你有没有觉得没有办法进入到健全人的世界当中？

杨乃斌：妈妈是我的耳朵。那时候，我看着老师的口型，以及老师在

黑板上写的字。妈妈就用耳朵听，听老师讲。放学回家，妈妈当夜晚的老师，把白天老师讲的那些内容全部再告诉我一遍。

董　卿：每天你们俩几点起床？

陶艳波：六点。他背个书包，我背个书包，我们俩一起去上学。我的书包里装一个大笔记本，再装一点孩子下课玩的玩具。下课的时候我就像学生的队长一样，跟他们一起玩，一边玩一边做游戏。

董　卿：让他能够和别人交流。

陶艳波：对。给孩子搭建一个讲话的平台，虽然累一点、苦一点，但是每天都能看到孩子在进步。

董　卿：那些小孩没有觉得你怪怪的吗？

陶艳波：没有。有的叫我陶姨，有的叫我陶妈妈。

董　卿：到了中学，初中、高中之后，所有的课你都能够听明白吗？是不是有时候自己也听不太明白了？

陶艳波：就比如说英语。我上学学的不是英语，是俄语，这些字母我都不认识。老师讲英语课我听不懂，着急得在那儿哭。老师下课之后说，杨乃斌的妈妈，我讲得这么激动人心吗？你怎么在哭？我说你连留作业都用英语讲，我听不懂。后来，老师想了个好办法，让我们去街边买一个录音笔，上课的时候录下来，下课的时候听，回家放学也听，只要有空闲就听，听不懂去问他。这一路走过来，我俩互相鼓励。

董　卿：你也参加考试吗？

陶艳波：不参加。每次他考试的时候，我就给他送到学校门口。每次我们俩都是这个动作（击掌）。

董　卿：Give me five.

陶艳波："儿子祝你考试成功"，然后他去考试，我就回家做饭、洗衣服、收拾屋子什么的。

董　卿：在这十几年的同班同学过程中，你觉得你跟妈妈谁的学习成绩好一点？

杨乃斌：我跟妈妈是不分上下的。一些强项比如说物理，我比妈妈稍微厉害一点。但是英语妈妈比我强。

董　卿：让我很佩服的是，乃斌最终居然考入了211的重点大学。

陶艳波：这是他的梦想，终于实现了。孩子毕业典礼，他们系主任给孩子戴帽子的时候要照相，他说："杨乃斌的妈妈，我觉得你很有资格，也跟着我们一起照张相吧。"

董　卿：你完全应该和他站在一起。最近有见妈妈哭过吗？

杨乃斌：看到过，就是拿到大学录取通知书的时候，妈妈很激动，就哭了。

董　卿：你有没有怀疑过自己？有没有难受到坚持不下去的时候？

陶艳波：从孩子上小学一直到考大学之前，我每天晚上都睡不好，大把大把掉头发，有的时候做梦都能吓醒。我就想我的孩子现在话说得还不全，说得还不清楚，将来他的人生是什么样？自从孩子考上大学的那一天，我这悬着的心才归正，才踏实了。

董　卿：我觉得这十六年的故事，真的可能几天几夜都说不完。

陶艳波：不管怎么样，孩子现在很好，这是我最高兴的，值了。最近我给我丈夫起了一个外号叫"老山羊"。

董　卿：为啥？

陶艳波：因为这些年他挣的每一分钱都放我手里，像老山羊一样顾家，很爱我俩，勤勤恳恳，老老实实的。

董　卿：一家人的幸福也离不开父亲的付出。乃斌现在已经是大学毕业之后进入天津市残联工作了，是吗？

陶艳波：对。

杨乃斌：那些残疾人也跟我一样，也是有困难的，也很不容易。这么多年来，妈妈对我的爱，让我能够成长，所以我想把这份爱给那些残疾人，让他们能够像我一样得到温暖。

董　卿：真好，说得非常好。因为妈妈的爱让你能够成长为一个对社会有用的人，而今天乃斌也要用自己的努力去帮助更多的残疾人，让他们也能够有更好的生活。接下来我们就欢迎乃斌为妈妈朗读一篇文章。

杨乃斌：我想读一篇冰心的作品，是《寄小读者》中的一段。

朗读者 ❦ 读本

通讯十

冰心

亲爱的小朋友：

我常喜欢挨坐在母亲的旁边，挽住她的衣袖，央求她述说我幼年的事。

母亲凝想地，含笑地，低低地说：

"不过有三个月罢了，偏已是这般多病。听见端药杯的人的脚步声，已知道惊怕啼哭。许多人围在床前，乞怜的眼光，不望着别人，只向着我，似乎已经从人群里认识了你的母亲！"

这时眼泪已湿了我们两个人的眼角！

"你的弥月到了，穿着舅母送的水红绸子的衣服，戴着青缎沿边的大红帽子，抱出到厅堂前。因看你丰满红润的面庞，使我在姊妹妯娌群中，起了骄傲。

"只有七个月，我们都在海舟上，我抱你站在阑旁。海波声中，你已会呼唤'妈妈'和'姊姊'。"

对于这件事，父亲和母亲还不时地起争论。父亲说世上没有七个月会说话的孩子。母亲坚执说是的。在我们家庭历史中，这事至今是件疑案。

"浓睡之中猛然听得丐妇求乞的声音，以为母亲已被她们带去了。冷汗被面地惊坐起来，脸和唇都青了，呜咽不能成声。我从后屋连忙进来，珍重的揽住，经过了无数的解释和安慰。自此后，便是睡着，我也不敢轻易地离开你的床前。"

这一节,我仿佛记得,我听时写时都重新起了呜咽!

"有一次你病得重极了。地上铺着席子,我抱着你在上面膝行。正是暑月,你父亲又不在家。你断断续续说的几句话,都不是三岁的孩子所能够说的。因着你奇异的智慧,增加了我无名的恐怖。我打电报给你父亲,说我身体和灵魂上都已不能再支持。忽然一阵大风雨,深忧的我,重病的你,和你疲乏的乳母,都沉沉地睡了一大觉。这一番风雨,把你又从死神的怀抱里,接了过来。"

我不信我智慧,我又信我智慧!母亲以智慧的眼光,看万物都是智慧的,何况她的唯一挚爱的女儿?

"头发又短,又没有一刻肯安静。早晨这左右两个小辫子,总是梳不起来。没有法子,父亲就来帮忙:'站好了,站好了,要照相了!'父亲拿着照相匣子,假作照着。又短又粗的两个小辫子,好容易天天这样地将就地编好了。"

我奇怪我竟不懂得向父亲索要我每天照的相片!

"陈妈的女儿宝姐,是你的好朋友。她来了,我就关你们两个人在屋里,我自己睡午觉。等我醒来,一切的玩具,小人小马,都当做船,飘浮在脸盆的水里,地上已是水汪汪的。"

宝姐是我一个神秘的朋友,我自始至终不记得,不认识她。然而从母亲口里,我深深地爱了她。

"已经三岁了,或者快四岁了。父亲带你到他的兵舰上去,大家匆匆地替你换上衣服。你自己不知什么时候,把一只小木鹿,放在小靴子里。到船上只要父亲抱着,自己一步也不肯走。放到地上走时,只有一跛一跛的。大家奇怪了,脱下靴子,发现了小木鹿。父亲和他的许多朋友都笑了。——傻孩子!你怎么不会说?"

母亲笑了，我也伏在她的膝上羞愧地笑了。——回想起来，她的质问，和我的羞愧，都是一点理由没有的。十几年前事，提起当面前事说，真是无谓。然而那时我们中间弥漫了痴和爱！

"你最怕我凝神，我至今不知是什么缘故。每逢我凝望窗外，或是稍微地呆了一呆，你就过来呼唤我，摇撼我，说：'妈妈，你的眼睛怎么不动了？'我有时喜欢你来抱住我，便故意地凝神不动。"

我自己也不知道是什么缘故。也许母亲凝神，多是忧愁的时候，我要搅乱她的思路，也未可知。——无论如何，这是个隐谜！

"然而你自己却也喜凝神。天天吃着饭，呆呆地望着壁上的字画，桌上的钟和花瓶，一碗饭数米粒似的，吃了好几点钟。我急了，便把一切都挪移开。"

这件事我记得，而且很清楚，因为独坐沉思的脾气至今不改。

当她说这些事的时候，我总是脸上堆着笑，眼里满了泪，听完了用她的衣袖来印我的眼角，静静地伏在她的膝上。这时宇宙已经没有了，只母亲和我，最后我也没有了，只有母亲；因为我本是她的一部分！

这是如何可惊喜的事，从母亲口中，逐渐地发现了，完成了我自己！她从最初已知道我，认识我，喜爱我，在我不知道不承认世界上有个我的时候，她已爱了我了。我从三岁上，才慢慢地在宇宙中寻到了自己，爱了自己，认识了自己；然而我所知道的自己，不过是母亲意念中的百分之一，千万分之一。

小朋友！当你寻见了世界上有一个人，认识你，知道你，爱你，都千百倍地胜过你自己的时候，你怎能不感激，不流泪，不死心塌地的爱她，而且死心塌地地容她爱你？

有一次，幼小的我，忽然走到母亲面前，仰着脸问说："妈妈，你到底为什么爱我？"母亲放下针线，用她的面颊，抵住我的前额，温柔地，不迟疑地说："不为什么，——只因你是我的女儿！"

小朋友！我不信世界上还有人能说这句话！"不为什么"这四个字，从她口里说出来，何等刚决，何等无回旋！她爱我，不是因为我是"冰心"，或是其他人世间的一切虚伪的称呼和名字！她的爱是不附带任何条件的，唯一的理由，就是我是她的女儿。总之，她的爱，是摒除一切，拂拭一切，层层的挥开我前后左右所蒙罩的，使我成为"今我"的原素，而直接地来爱我的自身！

假使我走至幕后，将我二十年的历史和一切都更变了，再走出到她面前，世界上纵没有一个人认识我，只要我仍是她的女儿，她就仍用她坚强无尽的爱来包围我。她爱我的肉体，她爱我的灵魂，她爱我前后左右，过去，将来，现在的一切！

天上的星辰，骤雨般落在大海上，嗤嗤繁响。海波如山一般地汹涌，一切楼屋都在地上旋转，天如同一张蓝纸卷了起来。树叶子满空飞舞，鸟儿归巢，走兽躲到它的洞穴。万象纷乱中，只要我能寻到她，投到她的怀里……天地一切都信她！她对于我的爱，不因着万物毁灭而更变！

她的爱不但包围我，而且普遍地包围着一切爱我的人；而且因着爱我，她也爱了天下的儿女，她更爱了天下的母亲。小朋友！告诉你一句小孩子以为是极浅显，而大人们以为是极高深的话，"世界便是这样地建造起来的！"

世界上没有两件事物，是完全相同的，同在你头上的两根丝发，也不能一般长短。然而——请小朋友们和我同声赞美！只有普天下的母亲的爱，或隐或显，或出或没，不论你用斗量，用尺量，或是用心灵的度量衡来推测；我的母亲对于我，你的母亲对于你，她的和他的母亲对于她和他；她们的爱是一般的长阔高深，分毫都不差减。小朋友！我敢说，也敢信古往今来，没有一个敢来驳我这句话。当我发觉了这神圣的秘密的时候，我竟欢喜感动得伏案痛哭！

我的心潮，沸涌到最高度，我知道了我的病体是不相宜的，而且我更知道我所写的都不出乎你们的智慧范围之外。——窗外正是下着紧一阵慢一阵的秋雨，玫瑰花的香气，也正无声地赞美她们的"自然母亲"的爱！

我现在不在母亲的身畔，——但我知道她的爱没有一刻离开我，她自己也如此说！——暂时无从再打听关于我的幼年的消息；然而我会写信给我的母亲。我说："亲爱的母亲，请你将我所不知道的关于我的事，随时记下寄来给我。我现在正是考古家一般地，要从深知我的你口中，研究我神秘的自己。"

被上帝祝福的小朋友！你们正在母亲的怀里。——小朋友！我教给你，你看完了这一封信，放下报纸，就快快跑去找你的母亲——若是她出去了，就去坐在门槛上，静静地等她回来——不论在屋里或是院中，把她寻见了，你便上去攀住她，左右亲她的脸，你说："母亲！若是你有工夫，请你将我小时候的事情，说给我听！"等她坐下了，你便坐在她的膝上，倚在她的胸前，你听得见她心脉和缓地跳动，你仰着脸，会有无数关于你的，你所不知道的美妙的故事，从她口里天乐一般地唱将出来！

然后，——小朋友！我愿你告诉我，她对你所说的都是什么事。

我现在正病着，没有母亲坐在旁边，小朋友一定怜念我，然而我有说不尽的感谢！造物者将我交付给我母亲的时候，竟赋予了我以记忆的心才；现在又从忙碌的课程中替我匀出七日夜来，回想母亲的爱。我病中光阴，因着这回想，寸寸都是甜蜜的。

小朋友,再谈罢,致我的爱与你们的母亲!

你的朋友　冰心
一九二三年十二月五日晨,
圣卜生疗养院,威尔斯利。

选自人民文学出版社《寄小读者》

　　冰心女士散文的清丽,文字的典雅,思想的纯洁,在中国好算是独一无二的作家了。记得雪莱的咏云雀的诗里,仿佛曾说过云雀是初生的欢喜的化身,是光天化日之下的星辰,是同月光一样来把歌声散溢于宇宙之中的使者,是霓虹的彩滴要自愧不如的妙音的雨屑。以诗人赞美云雀的清词妙句,一字不易地用在冰心女士的散文批评之上,我想是最恰当也没有的事情。

著名作家　巴金

往事（一）（节选）
——生命历史中的几页图画

冰心

在别人只是模糊记着的事情，
　　然而在心灵脆弱者，
　　已经反复而深深地
　　　　镂刻在回忆的心版上了！

索性凭着深刻的印象，
　　将这些往事
　　移在白纸上罢——
再回忆时
　　不向心版上搜索了！

一

将我短小的生命的树，一节一节的斩断了，圆片般堆在童年的草地上。我要一片一片的拾起来看；含泪的看，微笑的看，口里吹着短歌的看。

难为他装点得一节一节，这般丰满而清丽！

我有一个朋友，常常说，"来生来生！"——但我却如此说："假如生命是乏味的，我怕有来生。假如生命是有趣的，今生已是满足的了！"

第一个厚的圆片是大海；海的西边，山的东边，我的生命树在那里萌芽生长,吸收着山风海涛。每一根小草,每一粒沙砾,都是我最初的恋慕,最初拥护我的安琪儿。

这圆片里重叠着无数快乐的图画,憨嬉的图画,寂寞的图画,和泛泛无着的图画。

放下罢,不堪回忆!

第二个厚的圆片是绿阴;这一片里许多生命表现的幽花,都是这绿阴烘托出来的。有浓红的,有淡白的,有不可名色的……

晚晴的绿阴,朝雾的绿阴,繁星下指点着的绿阴,月夜花棚秋千架下的绿阴!

感谢这曲曲屏山!它圈住了我许多思想。

第三个厚的圆片,不是大海,不是绿阴,是什么?我不知道!

假如生命是无味的,我不要来生。假如生命是有趣的,今生已是满足的了。

三

"只是等着,等着,母亲还不回来呵!"

乳母在灯下睁着疲倦下垂的眼睛,说:"莹哥儿!不要尽着问我,你自己上楼去,在阑边望一望,山门内露出两盏红灯时,母亲便快来到了。"

我无疑地开了门出去,黑暗中上了楼——望着,望着,无有消息。

绕过那边阑旁,正对着深黑的大海,和闪烁的灯塔。

幼稚的心,也和成人一般,一时的光明朗澈——我深思,我数着灯光明灭的数儿,数到第十八次。我对着未曾想见的命运,自己假定的起了怀疑。

"人生！灯一般的明灭，飘浮在大海之中。"——我起了无知的长太息。

生命之灯燃着了，爱的光从山门边两盏红灯中燃着了！

四

在堂里忘了有雪，并不知有月。

匆匆的走出来，捻灭了灯，原来月光如水！

只深深的雪，微微的月呵！地下很清楚的现出扫除了的小径。我一步一步的走，走到墙边，还觉得脚下踏着雪中沙沙的枯叶。墙的黑影覆住我，我在影中抬头望月。

雪中的故宫，云中的月，甍瓦上的兽头——我回家去，在车上，我觉得这些熟见的东西，是第一次这样明澈生动的入到我的眼中，心中。

七

父亲的朋友送给我们两缸莲花，一缸是红的，一缸是白的，都摆在院子里。

八年之久，我没有在院子里看莲花了——但故乡的园院里，却有许多；不但有并蒂的，还有三蒂的，四蒂的，都是红莲。

九年前的一个月夜，祖父和我在园里乘凉。祖父笑着和我说，"我们园里最初开三蒂莲的时候，正好我们大家庭中添了你们三个姊妹。大家都欢喜，说是应了花瑞。"

半夜里听见繁杂的雨声，早起是浓阴的天，我觉得有些烦闷。从窗内往外看时，那一朵白莲已经谢了，白瓣儿小船般散飘在水面。梗上只留个小小的莲蓬，和几根淡黄色的花须，那一朵红莲，昨夜还是菡萏的，今晨却开满了，亭亭地在绿叶中间立着。

仍是不适意！——徘徊了一会子，窗外雷声作了，大雨接着就来，愈下愈大。那朵红莲，被那繁密的雨点，打得左右欹斜。在无遮蔽的天空之下，我不敢下阶去，也无法可想。

对屋里母亲唤着，我连忙走过去，坐在母亲旁边———回头忽然看见红莲旁边的一个大荷叶，慢慢的倾侧了来，正覆盖在红莲上面……我不宁的心绪散尽了！

雨势并不减退，红莲却不摇动了。雨点不住的打着，只能在那勇敢慈怜的荷叶上面，聚了些流转无力的水珠。

我心中深深的受了感动——

母亲呵！你是荷叶，我是红莲。心中的雨点来了，除了你，谁是我在无遮拦天空下的荫蔽？

八

原是儿时的海，但再来时却又不同。

倾斜的土道，缓缓的走了下去——下了几天的大雨，溪水已涨抵桥板下了。再下去，沙上软得很，拣块石头坐下，伸手轻轻的拍着海水……儿时的朋友呵，又和你相见了！

一切都无改：灯塔还是远立着，海波还是粘天的进退着，坡上的花生园子，还是有人在耕种着。——只是我改了，膝上放着书，手里拿着笔，对着从前绝不起问题的四围的环境思索了。

居然低头写了几个字,又停止了,看了看海,坐的太近了,凝神的时候,似乎海波要将我飘起来。

年光真是一件奇怪的东西!一次来心境已变了,再往后时如何?也许是海借此要拒绝我这失了童心的人,不让我再来了。

天色不早了。采了些野花,也有黄的,也有紫的,夹在书里。无聊的走上坡去——华和杰他们却从远远的沙滩上,拾了许多美丽的贝壳和卵石,都收在篮里,我只站在桥边等着……

他们原和我当日一般,再来时,他们也有像我今日的感想么?

九

只在夜半忽然醒了的时候,半意识的状态之中,那种心情,我相信是和初生的婴儿一样的。——每一种东西,每一件事情,都渐渐的,清澈的,侵入光明的意识界里。

一个冬夜,只觉得心灵从渺冥黑暗中渐渐的清醒了来。

雪白的墙上,哪来些粉霞的颜色,那光辉还不住的跳动——是月夜么?比它清明。是朝阳么?比它稳定。欠身看时,却是薄帘外熊熊的炉火。是谁临睡时将它添得这样旺!

这时忽然了解是一夜的正中。我另到一个世界里去了,澄澈清明,不可描画;白日的事,一些儿也想不起来了,我只静静的……

回过头来,床边小几上的那盆牡丹,在微光中晕红着脸,好像浅笑着对我说,"睡人呵!我守着你多时了。"水仙却在光影外,自领略她凌波微步的仙趣,又好像和倚在她旁边的梅花对语。

看守我的安琪儿呵!在我无知的浓睡之中,都将你们辜负了!

火光仍是漾着,我仍是静着——我意识的界限,却不只牡丹,不只梅花,渐渐的扩大起来了。但那时神清若水,一切的事,都像剔透玲珑的石子般,浸在水里,历历可数。

一会儿渐渐的又沉到无意识界中去了——我感谢睡神,他用梦的帘儿,将光雾般的一夜,和尘嚣的白日分开了,使我能完全的留一个清绝的记忆!

一○

晚餐的时候。灯光之下,母亲看着我半天,忽然想起笑着说:"从前在海边住的时候,我闷极了,午后睡了一觉,醒来遍处找不见你。"

我知道母亲要说什么——我只不言语,我忆起我五岁时的事情了。

弟弟们都问,"往后呢?"

母亲笑着看着我说:"找到大门前,她正呆呆的自己坐在石阶上,对着大海呢!我睡了三点钟,她也坐了三点钟了。可怜的寂寞的小人儿呵!你们看她小时已经是这样的沉默了——我连忙上前去,珍重地将她揽在怀里……"

母亲眼里满了欢喜慈怜的珠泪。

父亲也微笑了。——弟弟们更是笑着看我。

母亲的爱,和寂寞的悲哀,以及海的深远:都在我的心中,又起了一回不可言说的惆怅!

一一

忘记了是哪一个春天的早晨——

手里拿着几朵玫瑰,站在廊上——马莲遍地的开着,玫瑰更是繁星般在绿叶中颤动。

她们两个在院子里缓步,微微的互视的谈着。

这一切都与我无关涉——朝阳照着她们,和风吹着她们;她们的友情在朝阳下酝酿,她们的衣裙在和风中整齐地飘扬。

春浸透了这一切——浸透了花儿和青草……

上帝呵!独立的人不知道自己也浸在春光中。

一四

每次拿起笔来,头一件事忆起的就是海。我嫌太单调了,常常因此搁笔。

每次和朋友们谈话,谈到风景,海波又侵进谈话的岸线里,我嫌太单调了,常常因此默然,终于无语。

一夜和弟弟们在院子里乘凉,仰望天河,又谈到海。我想索性今夜彻底的谈一谈海,看词锋到何时为止,联想至何处为极。

我们说着海潮,海风,海舟……最后便谈到海的女神。

涵说,"假如有位海的女神,她一定是'艳如桃李,冷若冰霜'的。"我不觉笑问,"这话怎讲!"

涵也笑道,"你看云霞的海上,何等明媚;风雨的海上,又是何等的阴沉!"

杰两手抱膝凝听着,这时便运用他最丰富的想象力,指点着说:"她……她住在灯塔的岛上,海霞是她的扇旗,海鸟是她的侍从;夜里她曳着白衣蓝裳,头上插着新月的梳子,胸前挂着明星的璎珞;翩翩地飞行于海波之上……"

楫忙问,"大风的时候呢?"杰道:"她驾着风车,狂飙疾转的在怒涛上驱走；她的长袖拂没了许多帆舟。下雨的时候，便是她忧愁了，落泪了，大海上一切都低头静默着。黄昏的时候，霞光灿然，便是她回波电笑，云发飘扬，丰神轻柔而潇洒……"

这一番话，带着画意，又是诗情，使我神往，使我微笑。

楫只在小椅子上，挨着我坐着，我抚着他，问，"你的话必是更好了，说出来让我们听听！"他本静静地听着，至此便抱着我的臂儿，笑道，"海太大了，我太小了，我不会说。"

我肃然——涵用折扇轻轻的击他的手，笑说，"好一个小哲学家！"

涵道："姊姊，该你说一说了。"我道，"好的都让你们说尽了——我只希望我们都像海！"

杰笑道，"我们不配做女神，也不要'艳如桃李，冷若冰霜'的。"

他们都笑了——我也笑说，"不是说做女神，我希望我们都做个'海化'的青年。像涵说的，海是温柔而沉静。杰说的，海是超绝而威严。楫说的更好了，海是神秘而有容，也是虚怀，也是广博……"

我的话太乏味了，楫的头渐渐的从我臂上垂下去，我扶住了，回身轻轻地将他放在竹榻上。

涵忽然说："也许是我看的书太少了，中国的诗里，咏海的真是不多；可惜这么一个古国，上下数千年，竟没有一个'海化'的诗人！"

从诗人上，他们的谈锋便转移到别处去了——我只默默的守着楫坐着，刚才的那些话，只在我心中，反复地寻味——思想。

一五

黄昏时下雨，睡得极早，破晓听见钟声续续的敲着。

这钟声不知是哪个寺里的，起的稍早，便能听见——尤其是冬日——但我从来未曾数过,到底敲了多少下。

徐徐的披衣整发,还是四无人声,只闻啼鸟。开门出去,立在阑外,润湿的晓风吹来,觉得春寒还重。

地下都潮润了,花草更是清新,在濛濛的晓烟里笼盖着,秋千的索子,也被朝露压得沉沉下垂。

忽然理会得枝头渐绿,墙内外的桃花,一番雨过,都零落了——忆起断句"落尽桃花澹天地",临风独立,不觉悠然!

一七

我坐在院里,仪从门外进来,悄悄地和我说,"你睡了以后,叔叔骑马去了,是那匹好的白马……"我连忙问,"在哪里?"他说,"在山下呢,你去了,可不许说是我告诉的。"我站起来便走。仪自己笑着,走到书室里去了。

出门便听见涛声,新雨初过,天上还是轻阴。曲折平坦的大道,直斜到山下,既跑了就不能停足,只身不由己的往下走。转过高岗,已望见父亲在平野上往来驰骋。这时听得乳娘在后面追着,唤,"慢慢的走!看道滑掉在谷里!"我不能回头,索性不理她。我只不住的唤着父亲,乳娘又不住的唤着我。

父亲已听见了,回身立马不动。到了平地上,看见董自己远远的立在树下。我笑着走到父亲马前,父亲凝视着我,用鞭子微微的击我的头,说,"睡好好的,又出来作什么!"我不答,只举着两手笑说,"我也上去!"

父亲只得下来,马不住的在场上打转,父亲用力牵住了,扶我骑上。董便过来挽着辔头,缓缓地走了。抬头一看,乳娘本站在岗上望着我，这时才转身下去。

我和董说，"你放了手，让我自己跑几周！"董笑说，"这马野得很，姑娘管不住，我快些走就得了。"

渐渐的走快了，只听得耳旁海风，只觉得心中虚凉，只不住的笑，笑里带着欢喜与恐怖。

父亲在旁边说，"好了，再走要头晕了！"说着便走过来。我撩开脸上的短发，双手扶着鞍子，笑对父亲说，"我再学骑十年的马，就可以从军去了，像父亲一般，做勇敢的军人！"父亲微笑不答。

马上看了海面的黄昏——

董在前牵着，父亲在旁扶着。晚风里上了山，直到门前。母亲和仪，还有许多人，都到马前来接我。

一八

我最怕夏天白日睡眠，醒时使人惆怅而烦闷。

无聊的洗了手脸，天色已黄昏了，到门外园院小立，抬头望见了一天金黄色的云彩。——世间只有云霞最难用文字描写，心里融会得到，笔下却写不出。因为文字原是最着迹的，云霞却是最灵幻的，最不着迹的，徒唤奈何！

回身进到院里，隔窗唤涵递出一本书来，又到门外去读。云彩又变了，半圆的月，渐渐的没入云里去了。低头看了一会子的书。听得笑声，从圆形的缘满豆叶的棚下望过去，杰和文正并坐在秋千上；往返的荡摇着，好像一幅活动的影片，——光也从圆片上出现了，在后面替他们推送着。光夏天瘦了许多，但短发拂额，仍掩不了她的憨态。

我想随处可写，随时可写，时间和空间里开满了空灵清艳的花，以供慧心人的采撷，可惜慧心人写不出！

　　天色更暗了，书上的字已经看不见。云色又变了，从金黄色到了暗灰色。轻风吹着纱衫，已是太凉了，月儿又不知哪里去了。

选自人民文学出版社《冰心散文》

　　冰心一生写了许多关于母亲的文字，诗歌、散文都有，"母爱之光"在她的作品中几乎无处不在。在她的笔下，母亲是可以为丈夫去死的妻子，是儿女一生都可以停靠的港湾，是新旧时代交替中迎着新时代曙光的女性。她说母亲是"世界上最好的母亲中的最好一个"，值得她献上永远的赞美诗。

JIANG
WEN
LI

蒋雯丽 朗读者

有人说，大多数演员，都能从自己过往的角色中寻到自己青涩的模样，但蒋雯丽是例外。她一亮相，举手投足都透出一股成熟的气场，这样的屏幕形象持续了很多年。

1999 年，一部叫作《牵手》的电视剧，让她为全国观众所熟知。如今的她，是中国最负盛名的电视女演员之一。她的经典角色不胜枚举。在《牵手》里，她是为了家庭放弃事业的知识女性；在《中国式离婚》里，她将某类女性那种丧失自我、缺乏安全感的歇斯底里展露无遗；在《金婚》里，她又塑造出一个中国传统妇女的典型。作为演员的她，永远对"下一个角色"怀着期待和好奇。

"公益大使"是蒋雯丽的另一重身份，从关爱艾滋病患者到倡导交通安全，她的身影无处不在。2002 年，她成为艾滋病防治宣传员，至今已有十五年。她为艾滋病患者奔走呼吁，为他们写书，与丈夫顾长卫一起为他们拍摄纪录片。蒋雯丽说："演员的职业生涯可能会受到时间的限制，但是公益对于我或者大众，都是可以做一辈子的事情。"

朗读者 ✤ 访谈

董　卿：很多人都知道你是预防艾滋病宣传员，但是不知道已经有十五年了。

蒋雯丽：从2002年开始的。刚开始做的时候，我都不知道艾滋病的传播途径。我还是一个经常拍戏、受过高等教育、走南闯北的人，了解到的资讯应该相对比较发达一些。那我想可能更多人不知道艾滋病是怎么传播的，所以这个宣传是很必要的。

董　卿：刚开始都做了些什么呢？

蒋雯丽：实际上第一次参与就给我上了生动的一课。当时他们要拍一个宣传照。我记得是2002年的冬天，天很冷，我到了摄影棚的时候看到一个七岁的男孩儿，瘦瘦的，见到我的时候很紧张。因为我那时候也是刚刚做了母亲，我就蹲下来跟他说话，然后把他搂在怀里，他一直在发抖。后来，我拍完了以后才知道，他们一家三口都是艾滋病感染者。妈妈是因为做手术在医院输血感染的艾滋病毒，然后在不知情的情况下传播给了丈夫。然后他们又不知道自己是感染者——因为艾滋病的潜伏期是七到十年——在这种情况下又生了孩子。一家三口把艾滋病的三种传播途径都给涵盖了。知道了这一家的故事，我在回去的路上真的是觉得很压抑、很沉重，本来是一个很幸福的家庭。

董　卿：这十几年的过程中，你真的是结识了不少，甚至也结交了不少艾滋病感染者？

蒋雯丽：对。

董　卿：有跟你有比较亲密接触的吗？

蒋雯丽：有一个，叫小武。他是一个受艾滋病影响的孩子，也是一个孤儿，父母亲都是因为艾滋病去世的，他跟两个姐姐还有奶奶在一起生活。当时应该是第一届还是第二届的艾滋孤儿夏令营活动，让我们这些宣传员去认领孩子，把他们带回家，跟我们同吃同住。我去那个营地的时候，孩子们都过来说：带我去吧带我去吧。因为我们家本身有一个男孩儿，我就想叫一个男孩儿去，他们俩能玩到一起，所以最后就带了小武回家。

董　卿：跟你儿子能成为朋友吗？

蒋雯丽：特别好，他们俩睡上下铺。他穿的那个凉鞋，是用透明胶粘着的。我就带他去商店买鞋、买书包，然后带他去看那个航空博物馆。我问他你知道宇宙吗？不知道。你知道地球吗？不知道。他那个时候应该已经有七八岁了吧。

董　卿：他的世界很封闭、狭小，因为可能没有人带他去打开这样的世界。

蒋雯丽：对。然后在我们家吃饭的时候，他就光吃饭不吃菜，我说你怎么不吃菜呢？他说没吃过。我说你平时吃什么？就是饭。他是安徽阜阳的孩子，也算是我的老乡。我觉得真的是很难受。后来好多年就没有再见到小武，只知道他考上大学了。

董　卿：防艾宣传员这个身份陪伴了你十五年，它会一直陪伴你吗？

蒋雯丽：其实做了这个以后，我觉得有一个特别好的收获，就是了解了很多人真实的生存状态，了解到更多的现实生活。演戏可能会是一个阶段性的，也许到了一定的年龄就不演了，但是做公益其实是一生的。

董　卿：我们所做的每一点、每一滴都有可能在减少悲剧的发生，这是多么有意义的事情。

蒋雯丽：希望是。

董　卿：在这十五年的过程当中，你怎么看这个群体？

蒋雯丽：我觉得这个群体特别需要大家去关心、去爱护，因为他们本身不仅要去跟疾病去抗争，还有最重要的，就是跟环境去抗争——周围人的歧视和不理解。

董　卿：希望所有的人都明白一个道理，他们只是病人，不是罪人，没有人有资格去歧视他们。另外，还要代这些孩子的父母，可能有些已经不在人世了，代这些孩子家里的老人们向您表示感谢，包括所有在努力做这些事情的普通的老师和普通的志愿者，谢谢你们给了这些孩子希望。给这些孩子希望就是给我们社会一种希望。有调查说，近五年来，青少年的发病率增加了35%，这是一个特别可怕的数据。所以我觉得，我们所有的人都应该意识到这个问题，他们的病痛已经伤害到了他们的身体，不要用我们的无知和偏见再去伤害他们的自尊和他们的未来。那你今天的朗读是要献给他们吗？

蒋雯丽：是。我是要读一段《心田上的百合花开》，献给受艾滋病影响的孩子们，因为我希望他们的生命也像百合花一样，美丽绽放。

朗读者 ❦ 读本

心田上的百合花开

林清玄

在一个偏僻遥远的山谷里，有一个高达数千尺的断崖，不知道什么时候，断崖边上长出了一株小小的百合。

百合刚刚诞生的时候，长得和杂草一模一样。但是，它心里知道自己并不是一株野草。

它的内心深处，有一个内在的纯洁的念头："我是一株百合，不是一株野草。唯一能证明我是百合的方法，就是开出美丽的花朵。"有了这个念头，百合努力地吸收水分和阳光，深深地扎根，直直地挺着胸膛。

终于，在一个春天的早晨，百合的顶部结出了第一个花苞。

百合的心里很高兴，附近的杂草却都不屑，它们在私底下嘲笑着百合："这家伙明明是一株草，偏偏说自己是一株花，还真以为自己是一株花，我看见顶上结的不是花苞，而是头上长瘤了。"

公开的场合，它们讥笑百合："你不要做梦了，即使你真的会开花，在这荒郊野外，你的价值还不是跟我们一样？"

偶尔也有飞过的蜂蝶鸟雀，它们也会劝百合不用那么努力开花："在这断崖边上，纵然开出世界上最美的花，也不会有人来欣赏啊！"

百合说："我要开花，是因为我知道自己有美丽的花；我要开花，是为了完成作为一株花的庄严使命；我要开花，是由于自己喜欢以花来证明自己的存在。不管有没有人欣赏，不管你们怎么看我，我都要开花！"

在野草和蜂蝶的鄙夷下，野百合努力地释放着内心的能量。有一天，它终于开花了，它那灵性的洁白和秀挺的风姿，成为断崖上最美丽的颜色。

这时候，野草与蜂蝶，再也不敢嘲笑它了。

百合花一朵朵地盛开着，花上每天都有晶莹的水珠，野草们以为那是昨夜的露水，只有百合自己知道，那是极深沉的欢喜所结的泪滴。

年年春天，野百合努力地开花、结籽。它的种子随着风，落在山谷、草原和悬崖边上，到处都开满洁白的野百合。

几十年后，远在千百里外的人，从城市、乡村，千里迢迢赶来欣赏百合花。许多孩童跪下来，闻嗅百合花的芬芳；许多情侣互相拥抱，许下了"百年好合"的誓言；无数的人看到这从未有过的美，感动得落泪，触动内心那纯洁温柔的一角。

那里，被人们称为"百合谷地"。

不管别人怎么欣赏，满山的百合都谨记着第一株百合的教导：

"我们要全心全意默默地开花，以花来证明自己的存在。"

林清玄是台湾最著名的散文家之一，三十岁之前，就已得遍台湾所有的文学奖。此后，他出家修行，散文也愈发增添理趣与空灵。因早年学画，后来习佛法，他的文字总是画面感强，又充满哲思。《心田上的百合花开》借花喻人，借百合与野草的区别来比喻人坚持自己的孤独和倔强，比喻人的高洁和净美。"我要以花做证"像一

句誓言，一句在逆境中坚持自我的誓言；同时也更像一种修为的境界，唯有耐得住误解与寂寞，方能获得人生的大自在。不争、不辩、不闻、不看，温月光下酒，听心上百合盛开都是林清玄用散文构建的禅意空间。

LIN ZHAO MING

林兆铭 朗读者

在广州市白云区钟落潭镇附近，有一个野生动物救护中心。那个中心里面有几十种、几百只等待救援、等待喂养的野生动物，但只有一个工作人员——他叫林兆铭。他一个人巡山，一个人喂养，一个人看护，甚至有时候，一个人埋葬。

广东被认为是最大的非法贩卖野生动物的集散地，小动物们被解救到救护中心的时候，身上都带着伤，瑟瑟发抖。林兆铭打心底里觉得它们可怜，想要爱护、救助它们。他从小与动物结缘，从十八岁开始从事这份工作，自己也没料到一转眼半辈子就过去了。他每日巡查山林两次，早上帽峰山麓的雾气还没完全消退，就要开始给动物们喂食。一旦接到林业部门或市民的求助热线，他还要亲自开车前往现场查找、救助野生动物。

这可能是世上最寂寞的工作之一，山里没有电视，也没有网络。最大的消遣就是逗逗鹦鹉，在飞禽走兽的叫声中看看书、玩玩手机，或者到山上去走一圈，打发时间。当好一名饲养员不简单，仅仅有爱根本不够，要耐得住寂寞，更要心细如发。艰苦的工作环境吓退了不少人，只有林兆铭坚持了下来。这个带着一脸憨笑、略显木讷的守护人说，他会一直守在动物身边。

朗读者 ✤ **访谈**

董　卿：在你的动物救护中心，大概有多少只需要你喂养的野生动物？
林兆铭：有三百多只吧。
董　卿：三百多只？你最喜欢哪一种？哪一个？
林兆铭：最喜欢的应该是蓝黄金刚鹦鹉。它刚收回来的时候，是刚出壳的，只有大拇指这么大。
董　卿：那它吃什么呢？
林兆铭：吃五六种五谷杂粮打碎的那种米糊。炒熟了，然后碾碎了，用开水煮熟了，等凉了再喂它。
董　卿：这么讲究啊？
林兆铭：对。
董　卿：这人都能吃啊。（全场笑）
林兆铭：我试温度的时候也可以帮它尝一尝。
董　卿：所以它现在都不会自己吃饭？
林兆铭：怎么说呢，每一只动物都有生命，小的时候你一直给它喂，就好像自己的小孩儿一样。
董　卿：那你晚上也守在那儿吗，还是晚上可以回家？
林兆铭：晚上也住在那里。
董　卿：那你差不多一个星期可以回一次家？
林兆铭：有时候一个月回去一次。
董　卿：那你这一个月里面都不和人说话，除了收动物的时候？
林兆铭：我喜欢安静，另外有时候我也想，如果我再不待下来的话，这些动物都不知道要咋办了。肯定会没人照顾了。

董　卿：我觉得你在这儿会觉得很不轻松和自在，得面对这么多人。

林兆铭：（笑）有点儿。

董　卿：（转向观众）我是距离他比较近，他的脸部肌肉一直在抽搐。那你看我长得比较像哪一种动物呢？可以让你放松下来。（全场笑）

林兆铭：像我们那里头的白天鹅。白天鹅比较高贵、比较优雅，我觉得你属于那种。

董　卿：其实你还是很会和人打交道的。

林兆铭：（笑）

董　卿：我发现了你偏爱鹦鹉。因为它们会跟你说话。

林兆铭：对对。

董　卿：有为它们流过眼泪吗？

林兆铭：有。也是一只鹦鹉吧，它很会说话的。那只鹦鹉很老很老的，在我那里都已经养了好几年了，然后它去世的时候，心情就特别不好。本来每天我进去它就跟我说话，后来一进去它没有了，东看西看没有了，就感觉很伤心，就趴在那里，趴了几分钟。才缓过来。（哭）不好意思。

董　　卿：没关系。也许在和它们的交往中，你感受到的是更加纯粹的、需要和被需要的关系。可能这是在人与人的交往中所感受不到的快乐和单纯。

林兆铭：其实不管是动物还是人，都喜欢被爱或者被关照吧。动物也是一样的。

董　　卿：所以你愿意把自己的这种爱和关照给它们。

林兆铭：对。如果我不去爱它，还不如去做做其他的。既然做了这个工作，你就要认真地去对待它，不管是什么动物，都是一样的，都有生命力。

董　　卿：所以你要朗读的东西一定是和大自然，和动物有关是吗？

林兆铭：对。我今天朗读的是梭罗的《瓦尔登湖》选段。

董　　卿：太棒了！你要把它送给谁呢？

林兆铭：献给我的动物朋友。

董　　卿：献给那只有你一个人的野生动物园里边的动物们。

林兆铭：对。

朗读者 ❋ 读本

瓦尔登湖（节选）

[美] 亨利·戴维·梭罗

等到湖水冻成结实的冰，不但跑到许多地点去都有了新的道路、更短的捷径，而且还可以站在冰上看那些熟悉的风景。当我经过积雪以后的弗灵特湖的时候，虽然我在上面划过桨，溜过冰，它却出人意料地变得大了，而且很奇怪，它使我老是想着巴芬湾。在我周围，林肯的群山矗立在一个茫茫雪原的四极，我以前仿佛并未到过这个平原；在冰上看不清楚的远处，渔夫带了他们的狼犬慢慢地移动，好像是猎海狗的人或爱斯基摩人那样，或者在雾蒙蒙的天气里，如同传说中的生物隐隐约约地出现，我不知道他们究竟是人还是侏儒。晚间，我到林肯去演讲总是走这一条路的，所以没有走任何一条介乎我的木屋与讲演室之间的道路，也不经过任何一座屋子。途中经过鹅湖，那里是麝鼠居处之地，它们的住宅矗立在冰上，但我经过时没有看到过一只麝鼠在外。瓦尔登湖，像另外几个湖一样，常常是不积雪的，至多积了一层薄薄的雪，不久也便给吹散了，它便是我的庭院，我可以在那里自由地散步，此外的地方这时候积雪却总有将近两英尺深，村中居民都给封锁在他们的街道里。远离着村中的街道，很难得听到雪车上的铃声，我时常闪闪跌跌地走着，或滑着，溜着，好像在一个踏平了的鹿苑中，上面挂着橡木和庄严的松树，不是给积雪压得弯倒，便是倒挂着许多的冰柱。

在冬天夜里，白天也往往是这样，我听到的声音是从很远的地方传来的绝望而旋律优美的枭嗥，这仿佛是用合适的拨子弹拨时，这冰冻的大地发出来的声音，正是瓦尔登森林的 lingua vernacula①，后来我很熟悉它了，虽然从没有看到过那只枭在歌唱时的样子。冬夜，我推开了门，很少不听到它的"胡，胡，胡雷，胡"的叫声，响亮极了，尤其头上三个音似乎是"你好"的发音；有时它也只简单地"胡，胡"地叫。有一个初冬的晚上，湖水还没有全冻，大约九点钟左右，一只飞鹅的大声鸣叫吓了我一跳，我走到门口，又听到它们的翅膀，像林中一个风暴，它们低低地飞过了我的屋子。它们经过了湖，飞向美港，好像怕我的灯光，它们的指挥官用规律化的节奏叫个不停。突然间，我不会弄错的，是一只猫头鹰，跟我近极了，发出了最沙哑而发抖的声音，在森林中是从来听不到的，它在每隔一定间歇回答那飞鹅的鸣叫，好像它要侮辱那些来自赫德森湾的闯入者，它发出了音量更大、音域更宽的地方土话的声音来，"胡，胡"地要把它们逐出康科德的领空。在这样的只属于我的夜晚中，你要惊动整个堡垒，为的是什么呢？你以为在夜里这个时候，我在睡觉，你以为我没有你那样的肺和喉音吗？"波—胡，波—胡，波—胡！"我从来没有听见过这样叫人发抖的不协和音。然而，如果你有一个审音的耳朵，其中却又有一种和谐的因素，在这一带原野上可以说是从没有看见过，也从没有听到过的。

我还听到湖上的冰块的咳嗽声，湖是在康科德这个地方和我同床共寝的那个大家伙，好像他在床上不耐烦，要想翻一个身，有一些肠胃气胀，而且做了噩梦；有时我听到严寒把地面冻裂的声音，犹如有人赶了一队驴马撞到我的门上来，到了早晨我就发现了一道裂痕，阔

---

① 拉丁文：本地方言。

三分之一英寸，长四分之一英里。

有时我听到狐狸爬过积雪，在月夜，寻觅鹧鸪或其他的飞禽，像森林中的恶犬一样，刺耳地恶鬼似的吠叫，好像它有点心焦如焚，又好像它要表达一些什么，要挣扎着寻求光明，要变成狗，自由地在街上奔跑；因为如果我们把年代估计在内，难道禽兽不是跟人类一样，也发展了一种文明的吗？我觉得它们像原始人，穴居的人，时时警戒着，等待着它们的变形。有时候，一只狐狸被我的灯光吸引住，走近了我的窗子，吠叫似的向我发出一声狐狸的诅咒，然后急速退走。

通常总是赤松鼠（学名 Sciurus Hudsonius）在黎明中把我叫醒的，它在屋脊上奔窜，又在屋子的四侧攀上爬下，好像它们出森林来，就为了这个目的。冬天里，我抛出了大约有半蒲式耳的都是没有熟的玉米穗，抛在门口的积雪之上，然后观察那些给勾引来的各种动物的姿态，这使我发生极大兴趣。黄昏与黑夜中，兔子经常跑来，饱餐一顿。整天里，赤松鼠来来去去，它们的灵活尤其娱悦了我。有一只赤松鼠开始谨慎地穿过矮橡树丛，跑跑停停地在雪地奔驰，像一张叶子给风的溜溜地吹了过来；一忽儿它向这个方向跑了几步，速度惊人，精力也消耗得过了分，它用"跑步"的姿态急跑，快得不可想象，似乎它是来作孤注一掷的，一忽儿它向那个方向也跑那么几步，但每一次总不超出半杆之遥；于是突然间做了一个滑稽的表情停了步，无缘无故地翻一个筋斗，仿佛全宇宙的眼睛都在看着它，——因为一只松鼠的行动，即使在森林最深最寂寞的地方，也好像舞女一样，似乎总是有观众在场的，——它在拖宕，兜圈子中，浪费了更多的时间，如果直线进行，早毕全程，——我却从没有看见一只松鼠能泰然步行过，——然后，突然，刹那之间，它已经在一个小苍松的顶上，开足了它的发条，责骂一切假想中的观众，又像是在独白，同时又像是在向全宇宙说话，——我丝毫猜不出这是什么理由，我想，它自己也未必说得出理由来。最后，它终于到了玉米旁，拣定一个玉米穗，还是用那不规则三角形的路线跳来跳去，跳到了我窗前堆起的那一堆木料的最高峰上，在那里它从正面看着我，而且一坐就是几个小时，时不时地找来新的玉米穗，起先它贪食着，把半裸的穗轴抛掉；后来它变得更加精灵了，拿了它的食物来玩耍，只吃一粒粒的玉米，而它用一只前掌擎起的玉米穗忽然不小心掉到地上了，它便做出一副不肯定的滑稽的表情来，低头看着玉米穗，好像在怀疑那玉米穗是否是活的，决不定要去拣起来呢，还是该另外去拿一个过来，或者干脆走开；它一忽儿想看玉米穗，一忽儿又听听风里有什么声音。就是这样，这个唐突的家伙一个上午就糟蹋了好些玉米穗；直到最后，它攫起了最长最大的一支，比它自己还大得多，很灵巧地背了就走，回森林去，好像一只老虎背了一只水牛，却还是弯弯曲曲地走，走走又停停，辛辛苦苦前进，好像那玉米穗太重，老是掉落，它让玉米穗处在介乎垂直线与地平线之间的对角线状态，决心要把它拿到目的地去；——一个少见的这样轻佻而三心二意的家伙；——这样它把玉米穗带到它住的地方，也许是四五十杆之外的一棵松树的顶上去了，事后我总可以看见，那穗轴被乱掷在森林各处。

最后樫鸟来了，它们的不协和的声音早就听见过，当时它们在八分之一英里以外谨慎地飞近，偷偷摸摸地从一棵树飞到另一棵树，越来越近，沿途拣起了些松鼠掉下来的玉米粒。然后，它们坐在一棵苍松的枝头，想很快吞下那粒玉米，可是玉米太大，哽在喉头，呼吸都给塞住了；费尽力气又把它吐了出来，用它们的嘴喙啄个不休，企图啄破它，显然这是一群窃贼，我不很尊敬它们；倒是那些松鼠，开头虽有点羞答答，过后就像拿自己的东西一样老实不客气地干起来了。

同时飞来了成群的山雀，拣起了松鼠掉下来的屑粒，飞到最近的桠枝上，用爪子按住屑粒，就用小嘴喙啄，好像这些是树皮中的一只只小虫子，一直啄到屑粒小得可以让它们的细喉咙咽下去。一小群这种山雀每天都到我的一堆木料中来大吃一顿，或者吃我门前那些屑粒，发出微弱迅疾的咬舌儿的叫声，就像草丛间冰柱的声音，要不然，生气勃勃地"代，代，代"地呼号了，尤其难得的是在春天似的日子里，它们从林侧发出了颇有夏意的"菲——比"的琴弦似的声音。它们跟我混得熟了，最后有一只山雀飞到我臂下挟着进屋去的木柴上，毫不恐惧地啄着细枝。有一次，我在村中园子里锄地，一只麻雀飞来停落到我肩上，待了一忽儿，当时我觉得，佩戴任何的肩章，都比不上我这一次光荣。后来松鼠也跟我很熟了，偶然抄近路时，也从我的脚背上踩过去。

　　在大地还没有全部给雪花覆盖的时候，以及在冬天快要过去，朝南的山坡和我的柴堆上的积雪开始融化的时候，无论早晨或黄昏，鹧鸪都要从林中飞来觅食。无论你在林中走哪一边，总有鹧鸪急拍翅膀飞去，震落了枯叶和桠枝上的雪花；雪花在阳光下飘落的时候，像金光闪闪的灰尘；原来这一种勇敢的鸟不怕冬天。它们常常给积雪遮蔽了起来，据说，"有时它们振翅飞入柔软的雪中，能躲藏到一两天之久。"当它们在黄昏中飞出了林子，到野苹果树上来吃蓓蕾的时候，我常常在旷野里惊动它们。每天黄昏，它们总是飞到它们经常停落的树上，而狡猾的猎者正在那儿守候它们，那时远处紧靠林子的那些果园里就要有不小的骚动了。无论如何，我很高兴的是鹧鸪总能找到食物。它们依赖着蓓蕾和饮水为生，它们是大自然自己的鸟。

　　在黑暗的冬天早晨，或短促的冬天的下午，有时候我听到一大群猎狗的吠声，整个森林全是它们的嚎叫，它们抑制不住要追猎的本能，同时我听到间歇的猎角，知道它们后面还有人。森林又响彻了它们的叫声，可是没有狐狸奔到湖边开阔的平地上来，也没有一群追逐者在追他们的阿克梯翁①。也许在黄昏时分，我看到猎者，只有一根毛茸茸的狐狸尾巴拖在雪车后面作为战利品而回来，找他们的旅馆过夜。他们指点我说，如果狐狸躲在冰冻的地下，它一定可以安然无恙，或者，如果它逃跑时是一直线的，没有一只猎犬追得上它；可是，一旦把追逐者远远抛在后面，它便停下来休息，并且倾听着，直到它们又追了上来，等它再奔跑的时候，它兜了一个圈子，回到原来的老窝，猎者却正在那里等着它。有时，它在墙顶上奔驰了几杆之遥，然后跳到墙的另一面，它似乎知道水不沾染它的臊气。一个猎者曾告诉我，一次他看见一只狐狸给猎犬追赶得逃到了瓦尔登湖上，那时冰上浮了一泓泓浅水，它跑了一段又回到原来的岸上。不久，猎犬来到了，可是到了这里，它们的嗅觉嗅不到狐臭了。有时，一大群猎犬自己追逐自己，来到我屋前，经过了门，绕着屋子兜圈子，一点不理睬我，只顾嗥叫，好像害着某一种疯狂症，什么也不能制止它们的追逐。它们就这样绕着圈子追逐着直到它们发觉了一股新近的狐臭，聪明的猎犬总是不顾一切的，只管追逐狐狸。有一天，有人从列克星敦到了我的木屋，打听他的猎犬，它自己追逐了很长一段路，已经有一个星期了。可是，把我所知道的告诉了他以后，恐怕他未必会得到好处，因为每一次我刚想回答他的问题，他都打断了我的话，另外问我："你在这里干什么呢？"他丢掉了一只狗，却找到了一个人。

有一个老猎户，说起话来枯燥无味，常到瓦尔登湖来洗澡，每年

---

① 希腊神话中的一个猎人，他撞见狩猎女神狄安娜在洗澡，她把他变成一头牡鹿后，他被自己的那群猎狗咬得粉碎。

一回，总在湖水最温暖的时候到来，他还来看我，告诉过我，好几年前的某一个下午，他带了一支猎枪，巡行在瓦尔登林中；正当他走在威兰路上时，他听到一只猎犬追上来的声音，不久，一只狐狸跳过了墙，到了路上，又快得像思想一样，跳过了另一堵墙，离开了路，他迅即发射的子弹却没有打中它。在若干距离的后面，来了一条老猎犬和它的三只小猎犬，全速地追赶着，自动地追赶着，一忽儿已消失在森林中了。这天下午，很晚了，他在瓦尔登南面的密林中休息，他听到远远在美港那个方向，猎犬的声音还在追逐狐狸；它们逼近来了，它们的吠声使整个森林震动，更近了，更近了，现在在威尔草地，现在在倍克田庄。他静静地站着，长久地，听着它们的音乐之声，在猎者的耳朵中这是如此之甜蜜的，那时突然间狐狸出现了，轻快地穿过了林间的走廊，它的声音被木叶的同情的飒飒声掩盖了，它又快，又安详，把握住地势，把追踪者抛在老远的后面；于是，跳上林中的一块岩石，笔直地坐着，听着，它的背朝着猎者。片刻之间，恻隐之心限制了猎者的手臂；然而这是一种短命的感情，快得像思想一样，他的火器瞄准了，砰——狐狸从岩石上滚了下来，躺在地上死了。猎者还站在老地方，听着猎犬的吠声。它们还在追赶，现在附近森林中的所有的小径上全部都是它们的恶魔似的嚎叫。最后，那老猎犬跳入眼帘，鼻子嗅着地，像中了魔似的吠叫得空气都震动了，一直朝岩石奔去；可是，看到那死去了的狐狸，它突然停止了吠叫，仿佛给惊愕征服，哑口无言，它绕着，绕着它，静静地走动；它的小狗一个又一个地来到了，像它们的母亲一样，也清醒了过来，在这神秘的气氛中静静地不做声。于是猎者走到它们中间，神秘的谜解开了。他剥下了狐狸皮，它们静静地等着，后来，它们跟在狐狸尾巴后面走了一阵，最后拐入林中自去了。这晚上，一个魏士登的绅士找到这康科德的猎者的小屋，探听他的猎犬，还告诉他说，它们自己这样追逐着，离开了魏士登的森林已经一个星期。康科德的猎者就把自己知道的详情告诉他，并把狐狸皮送给他，后者辞受，自行离去。这晚上他找不到他的猎犬，可是第二天他知道了，它们已过了河，在一个农家过了一夜，在那里饱餐了一顿，一清早就动身回家了。

把这话告诉我的猎者还能记得一个名叫山姆·纳丁的人，他常常在美港的岩层上猎熊，然后把熊皮拿回来，到康科德的村子里换朗姆酒喝；那个人曾经告诉他，他甚至于看见过一只麋鹿。纳丁有一只著名的猎狐犬，名叫布尔戈因——他却把它念作布经——告诉我这段话的人常常向他借用这条狗。这个乡镇中，有一个老年的生意人，他又是队长，市镇会计，兼代表，我在他的"日记账簿"中，看到了这样的记录。一七四二—三年，一月十八日，"约翰·梅尔文，贷方，一只灰色的狐狸，零元二角三分"；现在这里却没有这种事了；在他的总账中，一七四三年，二月七日，赫齐吉阿·斯特拉登贷款"半张猫皮，零元一角四分半"；这当然是山猫皮，因为从前法兰西之战的时候，斯特拉登做过军曹，当然不会拿比山猫还不如的东西来贷款。当时也有以鹿皮来换取贷款的；每天都有鹿皮卖出。有一个人还保存着附近这一带最后杀死的一只鹿的鹿角，另外一个人还告诉过我，他的伯父参加过的一次狩猎的情形。从前这里的猎户人数既多，而且都很愉快。我还记得一个消瘦的宁录①呢，他随手在路边抓到一张叶子，就能在上面吹奏出一个旋律来，如果我没记错的话，似乎比任何猎号声都更野，更动听。

在有月亮的午夜，有时候我路上碰到了许多的猎犬，它们奔窜在

---

① 《圣经》中的一个英勇的猎户。后来这个名字用来指一般的猎人。

树林中，从我面前的路上躲开，好像很怕我而静静地站在灌木丛中，直到我走过了再出来。

松鼠和野鼠为了我储藏的坚果而争吵开了。在我的屋子四周有二三十棵苍松，直径一英寸到四英寸，前一个冬天给老鼠啃过，——对它们来说，那是一个挪威式的冬天，雪长久地积着，积得太深了，它们不得不动用松树皮来补救它们的粮食短绌。这些树还是活了下来，在夏天里显然还很茂郁，虽然它们的树皮全都给环切了一匝，却有许多树长高了一英尺；可是又过了一个冬天，它们无例外地全都死去了。奇怪得很，小小的老鼠竟然被允许吃下整个一株树，它们不是上上下下，而是环绕着它来吃的；可是，要使这森林稀疏起来，这也许还是必要的，它们常常长得太浓密了。

野兔子（学名 Lepus Americanus）是很常见的，整个冬天，它的身体常活动在我的屋子下面，只有地板隔开了我们，每天早晨，当我开始动弹的时候，它便急促地逃开，惊醒我——砰，砰，砰，它在匆忙之中，脑袋撞在地板上了。黄昏中，它们常常绕到我的门口来，吃我扔掉的土豆皮，它们和土地的颜色是这样的相似，当静着不动的时候，你几乎辨别不出来。有时在黄昏中，我一忽儿看不见了，一忽儿又看见了那一动不动呆坐在我窗下的野兔子。黄昏时要是我推开了门，它们吱吱地叫，一跃而去。靠近了看它们，只有叫我可怜。有一个晚上，有一只坐在我门口，离我只有两步；起先怕得发抖，可是还不肯跑开，可怜的小东西，瘦得骨头都突出来了，破耳朵，尖鼻子，光尾巴，细脚爪。看起来，仿佛大自然已经没有比它更高贵的品种，只存这样的小东西了。它的大眼睛显得很年轻，可是不健康，几乎像生了水肿病似的。我跨上一步，瞧，它弹力很足地一跃而起，奔过了雪地，温文尔雅地伸直了它的身子和四肢，立刻把森林搬到我和它的中间来了——这野性的自由的肌肉却又说明了大自然的精力和尊严。它的消瘦并不是没有理由的。这便是它的天性。(它的学名 Lepus，来自 Levipes，足力矫健，有人这样想。)

要没有兔子和鹧鸪，一个田野还成什么田野呢？它们是最简单的土生土长的动物；古时候，跟现在一样，就有了这类古老而可敬的动物；与大自然同色彩，同性质，和树叶，和土地是最亲密的联盟——彼此之间也是联盟；既不是靠翅膀的飞禽，又不是靠脚的走兽。看到兔子和鹧鸪跑掉的时候，你不觉得它们是禽兽，它们是大自然的一部分，仿佛飒飒的木叶一样。不管发生怎么样的革命，兔子和鹧鸪一定可以永存，像土生土长的人一样。如果森林被砍伐了，矮枝和嫩叶还可以藏起它们，它们还会更加繁殖呢。不能维持一只兔子的生活的田野一定是贫瘠无比的。我们的森林对于它们两者都很适宜，在每一个沼泽的周围可以看到兔子和鹧鸪在步行，而牧童们在它们周围布置了细枝的篱笆和马鬃的陷阱。

(徐迟 译)

梭罗是十九世纪美国一位著名的诗人、作家，同时也是一位非常著名的自然主义者。他在美丽的瓦尔登湖生活了两年，写出了享誉世界的《瓦尔登湖》。读梭罗的《瓦尔登湖》，就会强烈地感觉到那种透明的、阳光的、自然的、绚烂的风光和里面所渗透出来的对于大自然的充分热爱。正如美国作家、思想家拉夫尔·沃尔多·爱默生所说："没有哪个美国人比梭罗活得更真实。"如今，瓦尔登湖似乎成了一种理想生活的代名词，它象征着远离都市喧嚣，回到天地自然之间，找回人心中最本真、最悠然的状态。

北京师范大学文学院教授　康震

QIAO

ZHEN

乔 榛 朗读者

他是一位声音的艺术家，曾经为一千多部译制片配过音。他被人们称为是"电影译制的守望者"。他用声音塑造的形象，在几代人的记忆中熠熠闪光。

对现在的年轻人来说，乔榛可能已是一个遥远的名字，但在译制片辉煌的年代，作为幕后工作者的乔榛，可是观众心中的大明星。他的声音陪伴了他们看电影的多数时光：英军上校罗依·克劳宁、白人军官奥斯瓦尔多上尉、皮埃尔、邓布利多校长等一个个生动的人物形象，与乔榛那富有磁性的美妙声音，一起散发着经久不衰的艺术魅力。

这位配音界的泰斗，用声音标识一个时代，是真正的"中国好声音"。而这个声音的背后，是一位老人的九死一生。从四十五岁确诊癌症开始，乔榛便恶疾缠身，从鬼门关走过了一回又一回。生生死死这些年，太太始终陪伴左右。在乔榛看来，一个人到这个世界上，无非就是要实现自己的人生价值，而这价值中，也包含了爱和相濡以沫。在坐看云起云落的古稀之年，他仍乐知达观。"也许眼下看起来声音的艺术有些式微，但经典的生命力是无限的。我相信这份艺术，一定会获得传承。"

朗读者 ❋ **访谈**

董　卿：乔老师，刚才在看这些影片回顾的时候我很感慨，很多很多都是我儿时的记忆了。而且，原来在戏剧学院上课的时候，有很多片段是我们的功课。其实我一直想问您，在这么多的角色当中，还有这么多您曾经朗读过的篇目当中，有没有一些文字是一直陪伴在您身边的？

乔　榛：太多了。我曾经念过海明威的《老人与海》，其中有一段："人并不是生来要被打败的，你可以消灭他，可就是打不败他。"这句话陪伴着我几十年，对我是一种激励，是一种支撑。大家都知道，从二十世纪八十年代初到现在，我是七次跟死神狭路相逢。光癌症就是四次，其中一次还有骨转移，两个月当中又是心梗又是脑梗。这一番经历对我无疑是一种打击，但是我支撑下来了。什么东西支撑我的？除了信念，还有一个人，她对我不离不弃，全身心地呵护我，精心地照顾我。这个人就是我的妻子唐国妹。

董　卿：我知道唐老师原本也是一个演员，因为照顾你和家庭，放弃了自己的事业。而且她该有多坚强啊，才能一次又一次地去面对这样的打击。

乔　榛：对呀。她曾是上海电影乐团非常优秀的民乐演奏员。没有她，我早就走了好几次了。心梗的那一次，前一天，我突然眼睛一花，出了一身冷汗。结果第二天，她就说，大哥，今天怎么着都要到医院去。她一直叫我大哥。我说不去。我们俩争执起来了，后来她说，那这样吧，我们各退一步，如果明天

星期二有专家会诊的话,那我们就明天去检查;如果不是,那今天一定去。结果她一翻日历,明天没有专家会诊。这是天意。于是,我就开着车,到医院去。到心电图室医生手一搭上去,没几秒钟就叫了:家属呢?她赶紧去了,医生朝她做了一个"三"的手势,什么意思呢?三度心梗。就没有四度,四度就走了。医生紧张得不得了,赶紧装临时起搏器,来帮助我心脏跳动起来,要不然自己跳不起来了。我还跟医生说呢,我本来想明天过来,看专家会诊什么的。他说你还明天来,明天就不在这儿报到了。你再耽误两个小时,人就走了。所以,你看,是不是又救了我一次命。

我得过那么多次的重病,要命的病,她没有在人前掉过一滴眼泪。可是回到家里边,她蒙被子就号啕大哭;到医院里仍然是笑脸相迎。她坚持不用护工,自己一个人,所有的一切都包下了,照顾我,包括吃喝拉撒。我开始锻炼以后,每天要湿掉五六套、六七套衣服,她都洗好了,晾干了,仔细地熨平了,包括连一个擦汗的手帕她都要熨平。她说,你是一个公众人物,我一定要让你穿得整整齐齐的出去。

董　卿:包括今天您要穿什么样的服装,戴什么样的围巾。

乔　榛:对。你觉得好吗?

董　卿:非常好。其实听了这么久,我这个位子该让出来了,因为乔榛老师的爱人唐国妹老师也在现场,我觉得应该他们俩坐在这儿聊一聊。让我们掌声欢迎唐老师。你们认识也是冥冥之中的安排吗?

乔　榛:那时候还是"文革"期间,有一次开批斗会,淮海路上好多人,我推着自行车,忽然就蹭着前面的人了。一抬头,一个女孩回过身来,赶紧拍自己的裤子:"我这条裤子今天头一天上身,是一条毛料的裤子。"我赶快说"对不起。"我们第一次相遇是这样的。

　　后来我们俩都在宣传队,她是上影乐团的小分队,我属于电影局的小分队,经常同台演出,这样就逐渐认识了。但是,为什么我们能够走到一起?我觉得我们俩的人生理念是相通的。那个时候,她刚进乐团不久,由于她年轻、单纯、质朴,业务又好,所以被选为"革委会"委员。有一次让她带头写乐团首席指挥的批判材料。可是她就表示:这个人是好人,是"红小鬼",是非常好的干部,非常好的专家,我不能乱写。那时候这样做是需要特别的勇气的,也让我很敬佩。

董　卿:一段好的爱情一定是建立在信任和尊重的基础上的。

唐国妹:我只是感觉这是作为一个妻子应该尽的责任。有时候,碰到一些不认识的观众,除了给他献花,对他祝福,然后就是到我面前给我深深地鞠一躬，说：阿姨，谢谢你把乔老师照顾得那么好。这时候我还是挺震撼的，我就觉得我的责任更重大了。

董　　卿：我今天有一个小小的建议，因为我们这个节目是《朗读者》嘛，每一个来到节目现场的嘉宾，最终都要还原成一个朗读者的面貌。乔榛老师朗读我们太熟悉了，我不知道有没有可能今天让唐老师为大家读一点什么？

唐国妹：那我就朗诵一首《我愿意是急流》。

董　　卿：裴多菲的《我愿意是急流》。我们今天特意请来了钢琴演奏家吴牧野先生，在现场为我们弹奏节目的主旋律。声音虽然是用来听的，但是一旦注入了情感，就会变得有分量，压在我们的心底，留下了无可磨灭的痕迹；就如同陪伴，虽然是最简单的一件事情，一旦拥有了责任，就让这一生无怨无悔。

朗读者 ❦ 读本

我愿意是急流

[匈牙利] 裴多菲

我愿意是急流，
山里的小河，
在崎岖的路上，
岩石上经过……
只要我的爱人
是一条小鱼，
在我的浪花中
快乐地游来游去。

我愿意是荒林，
在河流的两岸，
对一阵阵的狂风，
勇敢地作战……
只要我的爱人
是一只小鸟，
在我的稠密的
树枝间做巢，鸣叫。

我愿意是废墟，
在峻峭的山岩上，

这静默的毁灭
并不使我懊丧……
只要我的爱人
是青青的常春藤,
沿着我荒凉的额,
亲密地攀援上升。

我愿意是草屋,
在深深的山谷底,
草屋的顶上
饱受风雨的打击……
只要我的爱人
是可爱的火焰,
在我的炉子里,
愉快地缓缓闪现。

我愿意是云朵,
是灰色的破旗,
在广漠的空中,
懒懒地飘来荡去……
只要我的爱人,
是珊瑚似的夕阳,
傍着我苍白的脸,
显出鲜艳的辉煌。

(孙用 译)
选自人民文学出版社《我愿意是急流》

我愿意是树

[匈牙利] 裴多菲

我愿意是树,如果你是树上的花;
我愿意是花,如果你是露水;
我愿意是露水,如果你是阳光……
这样我们就能够结合在一起。

而且,姑娘,如果你是天空,
我愿意变成天上的星星;
然而,姑娘,如果你是地狱,
(为了在一起)我愿意永堕地狱之中。

(孙用 译)
选自人民文学出版社《我愿意是急流》

二十三岁的裴多菲在一次舞会上对清纯的女孩尤丽娅一见倾心,从此,他开始冲破门第等重重阻力追求她。《我愿意是急流》便是热恋中的裴多菲1847年6月写给尤丽娅的,三个月后,他们就携手走入了婚姻的殿堂。一百七十年来,这首诗在全世界广为流传。很多中国读者是在谌容的中篇小说《人到中年》或同名电影中接触

到这首诗的。现在，这首诗已被收入中学语文教材。而裴多菲这个"为爱而歌，为国而死"的大诗人，在中国的名气可远不止于此。鲁迅先生曾不遗余力地推崇他的诗歌艺术和精神境界，在《为了忘却的纪念》中，他引用了"生命诚可贵，爱情价更高，若为自由故，二者皆可抛"；在《野草》中，他又引用了"绝望之为虚妄，正与希望相同"。他说，裴多菲的诗歌"纵言自由，诞放激烈"，"善体物色，妙绝人世"。

选择

Choice

选择无处不在，小到今天我们吃点什么，大到在一些关键时刻的决策。我们的人生，就是一次又一次选择的结果。

"生存还是毁灭"，这是一个永恒的选择题。到最后我们将成为什么样的人，可能不在于我们的能力，而在于我们的选择。

"面朝大海，春暖花开"，是海子的选择；"人不是生来被打败的"，是海明威的选择；"人固有一死，或重于泰山，或轻于鸿毛"，是司马迁的选择。

在这个主题，你会看到徐静蕾选择了挑战和变化；耶鲁村官秦玥飞选择了希望的田野；"红丝带"校长郭小平选择了呵护和守望。最让人感动的是麦家，曾经叛逆的他如今面对叛逆的儿子，选择了理解和宽容。

有人说我们这个时代不缺机会，所以也势必会让每个人面临很多的选择。那么是遵从自己的内心，还是随波逐流；是直面挑战，还是落荒而逃；是选择喧嚣一时的功利，还是选择持久平静的善良，都是我们要拷问自己的问题。如果说，人生是一次不断选择的旅程，那么当千帆过尽，最终留下的就是一片属于自己的独一无二的风景。

选 择
Choice

Readers

WANG
QIAN
YUAN

朗读者
王千源

入行二十年，王千源出演过上百部影视剧，演过无数小配角、小人物，栩栩如生、让人难忘。《钢的琴》里的陈桂林，是他演过的为数不多的主角。骑着自行车，穿梭在黑黝黝的厂房间，为女儿手造了一架钢琴。这是近年来中国电影中少见的人物形象，同时具备了现实主义和浪漫主义的气质，让他赢得了东京国际电影节最佳男主角的称号。

《钢的琴》算是王千源"人生中的小高潮"，是大众真正认识他的起点。而后王千源作品不断：在《绣春刀》里第一次演武打片；在《黄金时代》里第一次演旧时代的文人；在《太平轮》里演一位民国军官。但真正让王千源成为媒体焦点的，还是《解救吾先生》。为演出反派角色丧家之犬般的困厄之感，王千源充分展现了自己的演技，也又一次获得了广泛的赞誉。

他面临过很多次角色的选择，每一次对他来说，都是全新的挑战。"不疯魔，不成活"，这是很多表演艺术家追求的境界。王千源说，他很享受在若隐若现当中左右徘徊，这是他表演的语境，也是他的选择。

朗读者 ❖ 访谈

董　卿：演员大多数时候都是一个比较被动的职业，但听说《钢的琴》是你自己做的一个很坚定的选择。

王千源：其实准确地说，是在它拍到一半的时候，我做了一个比较艰难的选择。那时候，我是先签的姜伟老师的《借枪》。

董　卿：姜老师是《潜伏》的导演。

王千源：姜老师比较喜欢我，第一个就签了我，虽然演的是个男二号——嘉译哥演男一号——但是他就是想主动地先把我签下来，再说别人的角色。开拍前正好有一个多月的时间，张猛就找到我，说咱先拍一个低成本的电影。我当时想，低成本电影肯定没有那么长周期，三十天肯定完事儿。没想到上了《钢的琴》之后，一个月没钱了，然后我就做了一个艰难的选择，选择了继续拍这个电影。我就给姜老师打电话。当时老师还劝我说，他这个戏都拍不下去了，你还拍它干什么？我就跟他说，我是东北长大的，我看过工人们繁荣的时候，我也看过工人们落寞的时候。我一见到冬天那个感觉，就能闻到空气里那个味道。我说哪怕我把这个碟拍完了它不放映，我留下来自己藏一辈子，也值了。

董　卿：后来没钱了怎么办？

王千源：就等。等着他们去借钱，借来之后再买一些胶片回来，然后大家再拍。就这样，一个投资不到五百万的电影，拍了六十多天；最后穷得没办法，需要个老头儿，怎么办？他们说，用我爸吧，主要便宜。他刚做完手术，正好还没痊愈呢。

董　卿：谁的爸爸？

王千源：我的爸爸。不是因为戏好，主要因为便宜，不给钱都行。（全场笑）

董　卿：最后你也没有拿到钱。

王千源：对，我和海璐的钱都给服化道、司机、场工他们分了，分了之后他们这个组才能解散。最后我的钱是上映的前一天拿到的。

董　卿：所以你也曾经开玩笑说，虽然后来是拿了"影帝"，这个"影帝"也是一个最穷的"影帝"。（笑）

王千源：是。但那个组是我拍戏最快乐的一个组。大家一听没钱了，没事儿，没钱咱们喝啤酒等着呗，一喝喝一晚上。我记得张猛一喝开心了就朗诵诗。

董　卿：你们在喝着酒、聊着天的时候，说得最多的是什么？

王千源：还是电影。

董　卿：当时也会有人觉得，你这种选择有点儿犯傻。
王千源：当时就跟中邪一样，不知道怎么回事。我一回到东北那个地方，我就感觉到了一种很贴切、很服帖的感觉。我在酒店里边都不穿正常的裤子，就穿那种绿毛裤，从我的房间到化妆间，到服装间，到导演的房间，就这么走来走去，我就想把它当成小时候的筒子楼。
董　卿：你要让自己活在那个角色里边？
王千源：对，最起码是那么一段时间要活在那个角色里边。
董　卿：而且你很享受这个过程。
王千源：对。现在想来，这是个不错的选择。
董　卿：二十多年慢慢地成长为一个被观众所熟悉的演员，你觉得这个过程长吗？二十年。
王千源：刚毕业的时候，分配比较难，我就分到了北京儿艺。当时年轻气盛，心想，我都学了四年演人了，怎么突然演动物去了？当时演狐狸，演狼的B角，演风，演太阳，演石头，经常演这些大自然里的角色。那时候有一阵困惑期。关键最痛苦的是什么？没上过剧场，都是送戏到学校。那时北京周边所有义务的演出都是北京儿艺，我们就是坐着大汽车去，然后去了就装台。装台就得五块钱。那时候男一号三十五块钱，群众演员是三十块钱，即使演不上男一号，装一次台也跟男一号的钱是一样的。

　　后来有一次在公立学校给智障儿童演出，一个多小时的戏，小孩一直在底下喊。然后我们到水房，打热水的时候，小孩都哭着过来了：猫头鹰爷爷，太阳哥哥。那个时候感触就特别深，你看你用不敬业的精神去演戏，结果世界上最单纯的观众,用这么炙热的心情去观看,这真不啻于在犯罪,你哪怕认真演也可以啊。从那以后,就改变了演戏的态度。不是因为领奖才要学表演,是因为热爱表演,才学的表演。

董　卿:你找到了这个职业的根本所在、意义所在。那你今天要为谁朗读呢?

王千源:我想为《钢的琴》中的陈桂林朗读,把《老人与海》的这个片段献给他。

董　卿:陈桂林是一个很执着、最终做成了一件事情的人。你自己也是,就像《老人与海》里边最经典的那句台词一样,人不是生来被打败的。

王千源:对。我觉得它不仅代表我吧,各行各业可能都有那么一群人,都在坚持着自己,都在选择自己的这种勇气。

朗读者 ❖ 读本

老人与海（节选）

[美] 欧内斯特·海明威

此时，天已经黑了，九月里，太阳一落，天就黑得很快。他背靠着船头已经磨损的木板，尽量让自己放松休息。第一批星星出来了。他不知道其中一颗叫做 Rigel①，但他一看到那颗星，就知道所有的星星很快全都会露面，这些相距遥远的朋友又来和他相伴了。

"这条鱼也是我的朋友，"他大声说，"我从来没见过，也没听说过这样一条鱼。不过我必须杀死它。幸亏我们用不着非得杀死那些星星。"

想想看，要是每天都有人必须设法杀死月亮会怎么样，他想。月亮会逃走的。不过再想想看，要是每天都有人不得已去设法杀死太阳又会怎样？我们生来还算是幸运的，他想。

接着，他又为这条没有东西吃的大鱼感到难过，但伤心归伤心，他还是决定杀死它。它能够多少人吃啊，他想。可是他们配吃吗？不配，当然不配。它的举止风度何等高贵，它的尊严何等伟大，谁也不配吃它。

这些我实在搞不懂，他想。幸好我们不必非得去杀死太阳或月亮，或者星星。在海上过活，杀死我们真正的兄弟，已经够受的了。

---

① 在阿拉伯语中意为"脚"，因位于猎户座下方而得名，中国天文学称之为参宿七。

眼下我得琢磨琢磨阻力的问题,他想。这有利有弊。如果它生拉硬拽,再加上船桨造成的阻力,小船就没有那么轻巧了,我可能会放出很长的钓线,而且会让它跑掉。小船很轻巧,这就延长了我们双方的煎熬,不过这一点有助于我的安全,因为这鱼游起来速度惊人,它还没完全施展出来呢。不管发生什么事情,我必须给这鲯鳅开膛剖肚,免得坏掉,还得吃点儿鱼肉长长力气。

现在我要再休息一个小时,感觉一下它是不是安稳,然后再到船尾做这件事儿,还得决定对策。这段时间,我还能看看它有什么动静,有没有变化。用船桨增加阻力是个好办法;不过现在到了稳扎稳打的时候了。这条鱼还是很了不得,我看见钓钩挂在它的嘴角,它把嘴巴闭得紧紧的。鱼钩带来的折磨算不了什么。饥饿的煎熬,还有对跟自己较量的对手一无所知,这才是最要命的。老家伙,先歇歇,让它卖力气吧,等轮到你上阵的时候再说。

他自己估摸歇了两个钟头。月亮得等到很晚才会出来,他没法判断时间。其实他也算不上是休息,只能说是相比较而言放松了一点儿。他的肩膀仍然承受着鱼的拉力,不过他把左手放在船头的舷木上,越来越多地让小船本身和大鱼的拉力相抗衡。

要是能把钓线固定住,事情该会多么简单啊,他想。可是那样的话,大鱼只要稍一挣扎,钓线就会绷断。我必须用自己的身体来缓冲钓线的拉力,双手随时准备放出一段钓线。

"可是,老家伙,你还一点儿没睡过呢。"他大声说,"已经过去半天一夜,现在又是一天了,可你一直没睡觉。它要是老老实实,安安静静,你就得想法儿睡上一会儿。如果你不睡觉,脑子可能会糊里糊涂。"

我的脑子够清醒的,他想。太清醒了。跟星星我这些兄弟们一样清醒。可我还是必须睡觉。它们睡觉，月亮和太阳也睡觉，甚至在波澜不惊、风平浪静的时候，连大海也会睡觉。

可别忘了睡觉，他想。一定得让自己睡上一觉，想个简单可靠的办法安置这些钓线。现在回去收拾那条鲯鳅吧。如果一定要睡的话，把船桨绑起来增大阻力就太危险啦。

不睡觉我也能行，他对自己说。可是这太危险了。

他开始手膝并用爬回船尾，小心不猛拉钓线惊动那条鱼。那鱼自己可能已经半睡半醒了，他想。不过，我可不想让它休息。它必须这么拖着小船，一直到死。

回到船头，他转了个身，好用左手攥住紧紧勒在肩上的钓线，右手从刀鞘里拔出刀子。这时候，星星很明亮，他能清楚地看见那条鲯鳅。他把刀刃插进鱼头，把它从船尾下方拖出来。他用一只脚踩在鱼身上，一下子就从肛门直剖到下颌的尖端。然后，他放下刀子，用右手掏出内脏，掏得干干净净，把鱼鳃也全都拽掉了。他感觉鱼胃拿在手里沉甸甸、滑溜溜的，就把它剖开，里面有两条飞鱼。两条鱼都硬挺挺的，还很新鲜，他把两条鱼并排放在一起，将鱼肠和鱼鳃从船尾丢进海里。这些东西沉入大海的时候，在海水里拖出一道磷光。鲯鳅冷冰冰的，在星光下呈现出麻风病人一般的灰白色。老人用右脚踩住鱼头，剥下一侧的鱼皮，接着又把鱼翻转过来，剥掉另一侧的皮，然后把两侧的鱼肉从头到尾割下来。

他把鱼骨头顺着船舷滑进海里，留神看它会不会在水里打转。但是，他只看见了鱼骨慢慢下沉时的磷光。他回转身，把两条飞鱼夹在两片鱼肉中间，将刀子插回刀鞘，自己又慢慢挪到船头。紧勒的钓线让他的后背弓了起来，他右手里还拿着鱼肉。

回到船头，他把两片鱼肉摊在船板上，飞鱼搁在一边。他把斜勒在肩上的钓线换了个地方，又用左手抓住钓线，把手放在船舷上。然后，他从船舷探出身去，把飞鱼在海水里洗了洗，留心看冲击在手上的水流有多快。他的手剥过鱼皮，所以磷光闪闪，他注意观察水流怎样冲刷他的手。水流不那么急了，他把手的一侧在船板上蹭了蹭，星星点点的磷光浮荡开去，慢慢漂向船尾。

"它越来越累了，要不就是在歇息。"老人说，"现在我来吃掉这条鲯鳅，歇一下，睡上一会儿吧。"

星光下，夜越来越凉了，他吃了半片鲯鳅肉，还有一条去掉内脏和脑袋的飞鱼。

"鲯鳅烧熟了吃味道棒极了。"他说，"生吃可真糟糕。以后上船出海我一定得带上盐和酸橙。"

我要是有脑子，就会一整天不断把海水泼在船头，干了就会变成盐，他想。不过，话又说回来了，我是在太阳快落下的时候才钓到这条鲯鳅的。不管怎么说也是准备不周。我还是细嚼慢咽吃下去了，也没有反胃作呕。

东边的天空布满了云彩，他叫得上名的星星也一颗颗隐没了。他仿佛正驶入一个云彩堆叠的大峡谷，此时，风也息了。

"三四天里天气就会变坏。"他说，"不过今天夜里和明天还不要紧。老家伙，准备好，睡上一会儿吧，趁这鱼平静安稳的时候。"

他右手紧紧攥着钓线，用大腿抵住右手，把全身的重量都压在船头的木板上。接着，他把勒在肩上的钓线往下移了一点儿，用左手撑着。

只要把钓线撑紧，我的右手就能攥住它，他想。睡着的时候，如果钓线松开了，往外出溜，我的左手就会把我弄醒。这样右手就吃苦头了，不过它已经习惯了。我哪怕只睡上二十分钟或者半个小时也好。他俯身向前，用整个身子夹住钓线，身体的全部重量都落在右手上，接着他就睡着了。

他没有梦见狮子,却梦见了一大群海豚,有八到十英里那么宽广,时值交配季节,它们不断地高高跃到空中,再落进腾空一跃时在海水中留下的水涡里。

接着他又梦见在村子里自己躺在床上,北风强劲,周身寒冷,自己的右臂都麻木了,因为他把头枕在那上面,而不是在枕头上。

后来他又梦见那条长长的黄色海滩,看见第一头狮子在黄昏时分下到海滩上,接着别的狮子也来了,他把下巴搁在船头的木板上,船抛下锚停泊在那里,晚风习习吹向海面,他等着看有没有更多的狮子来,心情很愉快。

月亮升起已经好一阵子了,可他还在睡着,大鱼平稳地拖着小船,驶进云彩形成的隧道。

他醒过来是因为自己的右拳猛地砸在脸上,钓线从右手滑出去,让他感到火辣辣地疼。左手毫无知觉,他用右手拼命拉住了钓线,可钓线还是一个劲儿往外出溜。左手终于找到了钓线,他仰起身子抵住那钓线,这一来他的后背和左手被勒得火烧火燎一般疼痛,现在是左手承受全部的拉力,真像是被刀割一样生疼。他回头看看,那几个钓线卷正流畅地放出线去。就在这时候,大鱼一跃而起,掀起巨大的海浪,又重重地落了下去。接着,它又一次次跳起来,虽然钓线飞快地往外溜,小船的速度还是很快,老人把钓线拉得紧紧的,都快绷断了,并且一次次到了快要断裂的临界点。老人被死死地拖倒在船头,他的脸贴在那片鲯鳅肉上,动弹不得。

等的就是这个,他想,现在我们来大显身手吧。

它得为拖走钓线付出代价,他想,让它为这个付出代价吧。

他看不见鱼一次次跃起,只听见海水迸裂的声音,还有鱼落下时水花的巨响。钓线飞快地往外出溜，他的双手仿佛刀割一般疼痛，不过他早有预料，就尽量让钓线勒在长茧的部位，不让它滑到手掌或者划伤手指。

要是那个男孩在这儿，他会打湿这些成卷的钓线，老人想。是啊，要是那个男孩在这儿。要是那个男孩在这儿。

钓线不断地向外溜啊溜，不过现在慢了下来，他正在让鱼为它拖走的每一英寸钓线付出代价。这时候，他从木板上，从被他的脸压碎的那片鱼肉上抬起头来。然后，他双膝着地，慢慢地站起身来。他还在放出钓线，但是越来越慢了。他慢慢挪到成卷的钓线那里，那些钓线他只能用脚去触摸，眼睛却看不到。钓线还充足得很，现在这鱼不得不克服更大的摩擦力，拖着更长的钓线在水里游。

没错儿，他想，现在它已经跳了十几次了，背囊里充满了空气，不可能再潜到深海里，死在我没法把它弄上来的地方。它不一会儿就会开始兜圈子，那时候我一定得对付它。真不知道它为什么突然间惊跳起来。兴许是因为饥饿而不顾一切，还是在夜里受了什么惊吓？可能是它突然感到惊恐。不过它这么平静，这么强壮，仿佛是无所畏惧，信心十足。它真是不同寻常。

"老家伙，你最好也能做到无所畏惧，信心十足。"他说，"你又把它控制住了，不过你没法收回钓线。但是很快它就会开始兜圈子了。"

老人用左手和肩膀拖住大鱼，弯下腰去，用右手舀水洗掉粘在脸上的碎鲯鳅肉。他怕被这东西弄得恶心呕吐，丧失体力。洗过脸，他又把右手伸到船舷外在海水里洗了洗，就这么在盐水里泡着，一面望着太阳升起之前的第一线曙光。鱼差不多是在朝东游，他想。这说明它已经累了，正在随波漂流。一会儿它就得兜圈子了，那时候才真要劲儿呢。

等他觉得右手泡在水里时间已经够长了，就抽回来，瞧了瞧。

"还不赖。"他说，"这点儿疼痛对男子汉来说不算什么。"

他小心地攥着钓线，好不让它嵌进刚勒破的伤痕里。他把重心换了个位置，这样就能把左手伸进小船另一侧的海水里。

"你这没用的东西，总算还不是太差劲。"他对着自己的左手说，"不过，有那么一阵子，你一点儿忙都没帮上。"

为什么我生来没有两只好手呢？也许是我自己的过错，没有好好训练这只手。天知道它有足够的机会可以有所长进。可它今天夜里表现得还不赖，只抽了一次筋。如果再抽筋，就让钓线把它勒断算了。

想到这里，他知道自己的脑子不怎么清醒了，他想起应该再吃点儿鲯鳅肉。但是不能吃，他对自己说。就是晕头涨脑，也不能因为恶心呕吐丧失力气。况且我知道，就是吃下去也搁不住，因为刚才我的脸挨在上面了。留到万不得已的时候再吃吧，只要没有坏掉。可现在靠补充营养增加体力已经太晚了。你真是蠢透了，他对自己说，把另一条飞鱼吃掉就是了。

那条飞鱼就搁在那儿，已经收拾干净，随时都可以吃。他用左手拿起来，细细地嚼着鱼骨头，连尾巴也不剩，全都吃了下去。

这几乎比任何鱼都更有营养，他想。至少能长力气，我正需要这个。现在我能做的一切都已经做了，他想。让它开始兜圈子吧，让我们开始交锋吧。

从他出海以来，太阳第三次升起的时候，鱼开始兜圈子。

根据钓线倾斜的角度，他还看不出鱼在兜圈子。这还为时尚早。他只是感觉钓线上的拉力稍稍减轻，就开始用右手轻轻地拽。像以往一样，钓线绷紧了，不过，就在快要绷断的当儿，钓线却开始往回收了。他轻快地把头和肩从钓线下面撤出来，开始把钓线往回收，动作又轻又稳。他两只手左右摆动,身体和双腿也来帮忙,使出全身力气拽那根钓线。他的两条老腿和肩膀也随着摇摆的双手来回转动。

"好大的圈子。"他说,"不过它总算在兜圈子了。"

接下来,钓线不能再往回收了,他紧紧握在手里,直到看见钓线在阳光下迸出水珠儿来。随后钓线又开始往外出溜,老人跪下来,很不情愿地让它回到黑魆魆的海水里。

"它绕到圈子那头去了。"他说。我一定要拼命拽住,他想。每拽紧一次,它兜的圈子就会缩小一点儿。也许等过了一个小时,我就能看见它。眼下我一定要制服它,接着我一定要杀死它。

这条鱼继续慢慢地兜圈子,两个小时后,老人大汗淋漓,累得骨头都快散架了。不过,这时候圈子已经小多了,从钓线倾斜的角度来看,那鱼一边游一边慢慢往上浮。

一个小时以来,老人眼前一直浮动着黑点子,汗水刺痛了他的眼睛还有眼睛上方和额头上的伤口。他并不担心那些黑点子。他这么使劲儿地拽着钓线,眼前出现黑点子是正常的。可是,他有两回感到头昏眼花,这让他有些担忧。

"我可不能不争气,就这样死在一条鱼跟前。"他说,"既然我已经让它乖乖地过来了,老天就保佑我挺下去吧。我要念上一百遍《天主经》,还有一百遍《圣母经》。不过眼下可不行。"

就当做是念过了吧,他想。我以后会补上的。

就在这当儿,他觉得自己用双手紧紧攥住的钓线被猛地一撞又一拽,来势凶猛,感觉硬邦邦、沉甸甸的。

它正用长矛一样的嘴撞击金属接钩绳,他想。这是免不了的。它不得不这样干。不过这样一来也许会让它跳起来,我情愿让它接着打转。它必须跳出水面来呼吸,可每跳一次,钓钩划出的伤口就会裂得更大一些,它就有可能脱钩逃走。

"鱼啊,别跳了。"他说,"别跳啦。"

那鱼又接连几次撞击金属接钩绳,它一甩头,老人就放出一小段钓线。

我必须让它老是疼在一个地方,他想。我的疼痛没什么大不了的,我能控制住。但它的疼痛会让它发疯。

过了一会儿,那鱼不再撞击金属接钩绳,又慢慢打起转来。老人现在可以稳稳地把钓线往回收了。可是他又开始感到头晕。他用左手舀了些海水淋在头上,然后又淋了一些,在脖颈后面揉擦着。

"我没抽筋儿,"他说,"它很快就会浮上来,我得挺住。必须得坚持住,这压根儿就用不着说。"

他靠着船头跪下,这会儿暂且又把钓线挎在后背上。眼下,趁它兜圈子的时候,我歇息一会儿,等它转回来我再站起来对付它。他就这么决定了。

他巴不得在船头歇上一会儿,不往回收钓线,让那条鱼自顾自地兜圈子去。可是钓线上的拉力表明鱼正转身朝小船这边游回来,老人站起身,开始左右转动,双手像织布一样来回扯啊拽啊,把所有能拉回来的钓线都收起来。

我从来没有这么累过,他想,现在信风刮起来了,不过正好能借助风力把它弄上来。我太需要这风了。

"它下一次往外面兜圈子的时候,我要歇歇了,"他说,"我感觉好多了。等它再兜两三圈,我就能制服它。"

他的草帽戴得很靠后,他感觉鱼在转身,结果钓线一扯,他一屁股跌坐在船头。

鱼啊,你忙活吧,他想。等你转身的时候我再收拾你。

海浪大了许多。不过这是晴和天气里的微风,他指望这风把他送回去呢。

"我只要向西南方向划就行,"他说,"男子汉绝不会在海上迷路的,何况这是个长长的岛屿①。"

他第一次看到那鱼,是在它兜到第三圈的时候。

他最先看到的是一个黑色的影子,那影子过了好长时间才从船底下钻过,他简直不敢相信这鱼竟然有这么长。

"不可能。"他说,"它不可能有那么大。"

可是那鱼当真有那么大,这一圈兜完之后,它浮出水面,和老人仅仅相隔三十码,老人眼看着它的尾巴出了水,比一把大镰刀的刀刃还要长,在深蓝色的海水上呈现出非常浅淡的紫色。那尾巴向后倾斜,鱼在海面下游的时候,老人能看见它那巨大的躯体和周身的紫色条纹。它背鳍朝下,巨大的胸鳍张得大大的。

鱼这回兜圈子,老人看到了它的眼睛,还有两条灰色的鲫鱼在它周围游来游去,时而吸附在它身上,时而倏地逃窜开去,时而在它的阴影里悠闲地游弋。那两条鲫鱼都不止三英尺长,游得快起来全身急速甩动,像鳗鱼一样。

老人这会儿冒起汗来,不光是因为太阳的缘故,还有别的原因。每当那鱼镇静自若地转回来,老人都能收回一段钓线,他深信不疑,等鱼再兜上两个圈子,他就有机会把鱼叉插进鱼身了。

可我得把它拉过来,拉近,再拉近,他想。千万不能把鱼叉插进它的脑袋,一定要插进它的心脏。

"老家伙,你可要镇静,使足劲儿。"他说。

---

① 这里指古巴。

鱼又兜了一圈，露出了脊背，不过离小船还是远了点儿。再兜一圈，离得还是太远，但这回它出水更高了些，老人心里有数，等再收回一些钓线，就能把它拉到船边。

他早就准备好了鱼叉，系在鱼叉上的那卷很轻的绳子放在一个圆形的篮子里，另一端紧紧地系在船头的缆桩上。

大鱼正兜了一圈回来，看上去沉静而美丽，只有尾巴在动。老人使出全身力气想把它拉到近前。有那么一会儿，鱼朝他这边倾斜了一点儿，然后又挺直身子，接着兜起圈子来。

"我拉动它了，"老人说，"我刚才拉动它了。"

他又感到一阵头晕，不过还是用尽全力拉住大鱼。我拉动它了，他想。也许这回我就能把它拉过来了。手啊，你拉呀，他想。腿啊，你可得站稳了。头啊，你得给我坚持住，给我坚持住，你可从来没有掉过链子。这回我就要把它拉过来了。

可是，还没等大鱼靠近小船，他就使出浑身力气拼命拉，那鱼被拉得倾斜过来一点儿，但随即就竖直身子游开去。

"鱼啊，"老人说，"鱼啊，反正你是死定了。难道你非得把我也害死不可？"

这样的话我可就一无所获了，他想。他嘴里干得说不出话来，可这时候也够不着水喝。我这回一定得把它拉到船边来，他想。它再多兜几个圈子，我可就撑不住了。你能行，他对自己说，你永远都能行。

下一轮较量的时候，他差一点儿就制服那条鱼了。可鱼还是直起身子慢慢游走了。

鱼啊，你害死我了，老人想。不过你有这个权利。兄弟啊，我还从来没有见过比你更大、更漂亮、更沉静，或者更高贵的东西。来吧，把我杀死吧，我不在乎谁死在谁手里。

你的脑子有点儿迷糊了,他想。你必须保持头脑清醒,要懂得怎样承受痛苦,像个男子汉一样,或者像条鱼那样,他想。

"头啊,清醒清醒吧。"他说话的声音连自己都听不见,"清醒起来吧。"

鱼又兜了两个圈子,还是老样子。

真不知道这是怎么回事儿,老人想。每次他都感觉自己要垮掉了。真是不明白。可我还要再试一次。

他又试了一次,当他把鱼拉转过来的时候,感觉自己都要垮了。那鱼挺直身子,又慢慢游走了,大大的尾巴在海面上摇摇摆摆。

我还要再试一次,他对自己许诺,尽管他的双手这时候已经力不从心,眼睛一忽看得见,一忽看不见。

他又试了一下,还是老样子。就这么着吧,他想,感觉自己还没开始发力就已经败下阵了;可我还要再尝试一次。

他承受着所有的痛楚,使出余下的全部气力,还有早已丧失的自尊,用来对抗鱼的痛苦挣扎。鱼朝他身边游了过来,在一旁优雅而缓慢地游着,嘴几乎碰到了小船的船壳外板。它开始从船边游过,身子那么长,那么高,又那么宽,银光闪闪,布满紫色条纹,在水里似乎是一眼望不到头。

老人丢下钓线,一脚踩住,把鱼叉举得尽可能高,用足力气,再加上刚刚鼓起的劲儿,拼命向鱼的一侧刺去,鱼叉正落在大胸鳍后面,它的胸鳍高高耸起,和老人的胸膛一般高。老人感到铁叉已经扎了进去,就把身子倚在上面,好扎得更深,然后把全身的重量都压了上去。

那鱼开始折腾起来,尽管已经死到临头,它还是从海水里高高地跃起,它那惊人的长度和宽度,它的力量和美,全都展露无遗。它仿佛悬在空中,就在小船和老人的正上方。接着,它又哗啦一声跌落下来，溅起的浪花泼洒在老人的全身和整条小船上。

老人感到头晕恶心，双眼也模糊不清。但他还是放开了鱼叉上的绳子，让它慢慢地从擦破了皮的双手中送出去，等他可以看清东西的时候，他看见那鱼仰面朝天，翻起了银色的肚皮。鱼叉的柄从鱼的肩部斜伸出来，从它心脏里流出的鲜血让海水都变了颜色，起先是暗黑色，像是一英里多深的蓝色海水里的鱼群，然后又像云朵一样飘散开来。那鱼呈银白色，一动不动，只是随波漂荡。

老人趁自己眼睛好使的那一瞬间仔细瞧了瞧。然后他把鱼叉上的绳子在船头的缆桩上绕了两圈，把头搁在双手上。

"让我的头脑保持清醒吧，"他靠在船头的木板上说，"我这个老头儿真是累坏了，可我杀死了这条鱼，它是我的兄弟，现在我有苦差事要干啦。"

我得准备好绳套和绳索，好把它绑在船边，他想。即使我们有两个人，往船里灌满水把鱼拉上船，再把船里的水舀出去，这条小船也绝对装不下它。我得把一切都准备妥当，然后再把它拖过来，捆得结结实实，再竖起桅杆，扬帆起航回家去。

他开始动手把鱼拖到船边，好把一根绳子穿进鱼鳃，从鱼嘴里拉出来，然后把它的脑袋牢牢地捆在船头的一边。我要瞧瞧它，他想，碰碰它，摸摸它。它是我的财富，他想。可我想摸摸它倒不是因为这个。我感觉刚才触到了它的心脏，他想，就在我第二次把鱼叉捅进去的时候。现在我得把它拖过来，绑得牢牢的，用一个绳套拴住它的尾巴，再用一个绳套捆在中间，把它绑在小船的一侧。

"动手干吧，老头儿，"他说着，喝了一丁点儿水，"搏斗结束了，现在得做苦工了。"

他抬头看看天，又瞧瞧船外的鱼。他仔细瞅了瞅太阳。这会儿刚刚过了晌午，他想。信风刮起来了。钓线都用不着了。等回到家，我和那男孩把它们捻接起来。

"鱼啊，来吧。"他说。可鱼并不靠拢过来，而是躺在海水里翻腾，于是老人将小船靠了上去。

等他和鱼并排在一起，把鱼头靠在船头边上，他简直无法相信那鱼竟然如此之大。他把鱼叉上的绳子从缆桩上解下来，穿进鱼鳃，又从鱼嘴里扯出来，在它那长剑一般的嘴上绕了一圈，又穿过另一个鱼鳃，也在鱼嘴上绕了一圈，随后将这两股绳子打了个结，紧紧地系在船头的缆桩上。接着，他割下一段绳子，走到船尾去缚住鱼尾巴。鱼已经从原先的紫色和银色相间完全变成了银色，身上的条纹则呈现出和尾巴一样的淡紫。那些条纹比一个人张开五指的手还要宽，鱼的眼睛十分冷漠，看上去像是潜望镜里的镜片，又像是游行队伍里的圣徒。

"要杀死它只有用这个法子。"老人说。他喝过水之后感觉好些了，他知道自己能挺得住，头脑也清楚起来。看样子它不止有一千五百磅重，他想。也许还要重得多呢。开膛破肚之后净重也有原来的三分之二，按三角钱一磅来计算的话能有多少钱？

"得用支铅笔来算才行，"他说，"我的脑子还不够清楚。不过，我觉得了不起的迪马吉奥今天会为我感到骄傲的。我没长骨刺，可双手和后背实在疼得厉害。"真不知道骨刺是什么玩意儿，他想。也许我们长了骨刺自己还不知道呢。

他把鱼牢牢地系在船头、船尾和中间的坐板上。这鱼可真大，小船旁边像是绑上了一条比自己还要大得多的船。他割下一段钓线，把鱼的下巴和长嘴捆在一起，免得嘴巴张开，这样船就能尽可能利落地向前行进。然后他竖起桅杆，撑起那根用做手钩的木棒和下桁，张起带补丁的船帆，自己半躺在船尾，向西南方向驶去。

他不需要靠指南针来辨别西南方向，仅凭信风吹在身上的感觉和船帆的动向就能知道。我还是放下一根细钓线的好，系上勺形假饵，钓点儿什么东西吃吃，润润喉咙。可他找不到勺形假饵，而且沙丁鱼也都已经烂掉了。所以，他趁小船经过那片黄色马尾藻的时候，用鱼钩钩上一簇，抖了抖，里面的小虾纷纷掉落在船板上。小虾有十几只，像盲潜虫一样活蹦乱跳。老人用大拇指和食指掐去虾头，连壳带尾一起嚼着吃了下去。虾很小，可他知道这很有营养，而且味道也不错。

老人的瓶子里还剩下两口水，吃完虾他喝了半口。在重重障碍之下，小船还算行驶得不错，他把舵柄夹在胳膊下面掌着舵。他能看得到那条鱼，只要看看自己的手，感觉后背抵在船尾，就能知道这是真真切切发生的事儿，不是一场梦。他曾经感觉大祸临头，以为是在梦中。等看到鱼跃出水面，在半空中静止片刻才落下来，他才确信这极不寻常，简直令他难以置信。后来，他就看得不大清楚了，不过现在他的眼睛又和往常一样好使了。

此时此刻，知道鱼已经到手，他的双手和后背所感觉到的并不是梦。我的手很快就能恢复，他想。我让手里的血都流光了，盐水能治愈它们。真正的海湾里深色的海水是世上最好不过的良药。我所要做的就是保持头脑清醒。这两只手已经尽了自己的本分，而且我们行驶的状态也很好。鱼的嘴巴紧闭着，尾巴直上直下地颠簸，我们就像兄弟一样并肩航行。接着他的头脑有点儿不大清楚了，他想，现在是这鱼在带我回家，还是我带着鱼回家呢？要是我把它拖在船后面，那就毫无疑问了。或者，如果这鱼失去了全部尊严，让我放在小船里，也不会有什么问题。可现在它是和小船并排绑在一起前进的，老人想，只要它乐意，就算是它在带我回家吧。我只不过是靠耍花招才胜过了它，而且它也不想伤害我。

他们航行得很顺利，老人把双手浸在海水里，尽量保持头脑清醒。天空中的积云堆叠得很高，上方还有相当多的卷云，由此老人知道这风会刮上整整一夜。老人不时地看看那条鱼，以确信这是真的。一个小时后，第一条鲨鱼发动了袭击。

这条鲨鱼的出现并不是一个偶然。当那一大片暗沉沉的血渐渐下沉，扩散到一英里深的海水里的时候，它就从深处游了上来。鲨鱼莽莽撞撞地一下子冲过来，划破了蓝色的水面，豁然出现在太阳底下。它随即又落入海水，捕捉到血腥味，然后就顺着小船和鱼的踪迹一路追踪而来。

鲨鱼有时候嗅不到这股气味，但它总能再次找到，也许只是一丝痕迹，它就会游得飞快，紧追上去。那是一条很大的灰鲭鲨，生就的游泳高手，能和海里速度最快的鱼游得一样快，除了嘴以外，它的一切都显得无比美丽。背部和剑鱼一样蓝，肚子是银白色的，鱼皮光滑漂亮。它的外形和剑鱼十分相像，除了那张大嘴。眼下它正紧闭着大嘴，在水面之下迅速地游着，高耸的背鳍像刀子一般划破水面，没有丝毫摇摆。在它那紧紧闭合的双唇里，八排牙齿全都朝里倾斜，这和大多数鲨鱼的牙齿不同，不是那种常见的金字塔形，而是像爪子一样蜷曲起来的人的手指。那些牙齿几乎和老人的手指一般长，两侧都有刀片一样锋利的切口。这种鱼天生就把海里所有的鱼作为捕食对象，它们游得那么快，体格那么强健，而且还全副武装，这样一来就所向无敌了。此时，它闻到了新鲜的血腥味，于是加快速度，蓝色的背鳍破水前进。

老人一看见它游过来，就知道这是一条毫无畏惧、肆意妄为的鲨鱼。他一面注视着鲨鱼游到近前，一面准备好鱼叉，系紧绳子。绳子短了点儿，因为他割下了一段用来绑鱼。

老人此时头脑清醒好使，下定决心搏击一番，但却不抱什么希望。真是好景不长啊，他想。他盯着那条紧逼而来的鲨鱼，顺便朝那条大鱼望了一眼。这简直像是做梦一样，他想。我没法阻止它攻击我，但我也许能制服它。尖齿鲨①，他想，让你妈见鬼去吧。

鲨鱼飞速靠近船尾，向大鱼发起袭击，老人看着它张开了嘴，看着它那怪异的眼睛，看着它牙齿发出咔嚓一声，朝着鱼尾巴上方的肉扑咬过去。鲨鱼的头从水里钻了出来，后背也正露出海面，老人听见大鱼的皮肉被撕裂的声响，把鱼叉猛地向下扎进鲨鱼的脑袋，正刺在两眼之间那条线和从鼻子直通脑后那条线的交点上。这两条线其实并不存在。真实存在的只有沉重而尖锐的蓝色鲨鱼脑袋，大大的眼睛，还有那嘎吱作响、伸向前去吞噬一切的大嘴。可那是鱼脑所在的位置，老人直刺上去。他使出全身力气，用鲜血模糊的双手把鱼叉结结实实地刺了进去。他这一刺并没有抱多大希望，却带着十足的决心和恶狠狠的劲头儿。

鲨鱼翻了个身，老人看出它的眼睛已经没有生气了，接着鲨鱼又翻了个身，缠上了两圈绳子。老人知道它死定了，可它还不肯听天由命。它肚皮朝上，扑打着尾巴，嘴巴嘎吱作响，像一艘快艇似的破浪前进，尾巴在海上溅起白色的浪花。它身体的四分之三都露在水面上，绳子绷得紧紧的，颤抖个不停，最后啪的一声断了。鲨鱼静静地躺在海面上，老人瞧着它，不一会它就慢慢沉了下去。

"它咬掉了约摸四十磅肉。"老人大声说。它把我的鱼叉和所有的绳子也带走了，他想，况且我这条鱼又在淌血，别的鲨鱼也会来袭击的。

大鱼被咬得残缺不全，他都不忍心再看上一眼。鱼被袭击的时候，

---

① 原文为 Dentuso，西班牙语，意思是"牙齿锋利的"。这是当地对灰鲭鲨的俗称。

他感觉就像是自己受到袭击一般。

好景不长啊，他想。我现在真希望这是一场梦，希望根本没有钓上这条鱼，而是独个儿躺在床上铺的旧报纸上。

不过，攻击我这条鱼的鲨鱼被我干掉了，他想。它是我见过的最大的尖齿鲨。天知道，我可见识过不少大鱼。

"但人不是为失败而生的，"他说，"一个人可以被毁灭，但不能被打败。"我很痛心，把这鱼给杀了，他想。现在倒霉的时候就要来了，可我连鱼叉都没有。尖齿鲨很残忍，而且也很能干，很强壮，很聪明。不过我比它更聪明。也许并不是这样，他想。也许只不过是我的武器比它的强。

"别想啦，老家伙，"他大声说，"顺着这条航线走吧，事到临头再对付吧。"

不过还是得琢磨琢磨，他想。因为我只剩下这件事儿可干了。这个，还有棒球。不知道了不起的迪马吉奥会不会欣赏我一举击中鲨鱼的脑袋。这也没什么大不了的，他想，谁都能行。但是，你以为我这两只受伤的手跟得了骨刺一样麻烦吗？我没法搞明白。我的脚后跟从来没出过毛病，只有一次在游泳的时候踩着一条鱼，被它刺了一下，腿的下半截都麻痹了，疼得受不了。

"想点儿高兴的事儿吧，老家伙，"他说，"你每过一分钟就离家更近一点儿。丢了四十磅鱼肉，你的船走起来能更轻快。"

他心里很明白如果驶进海流中间会发生什么事情。可是眼下一点儿办法也没有。

"不，有办法，"他大声说，"我可以把刀子绑在一支船桨的柄上。"

于是他把舵柄夹在胳膊下面，一只脚踩住帆脚索，就这么做了。

"这下好了，"他大声说，"我还是个老头儿，但可不是手无寸铁了。"

这时候，风更加强劲了，船航行得很顺利。他只看着鱼的前半部分，心里又燃起了一点儿希望。

(李育超 译)

选自人民文学出版社《老人与海》

  遇到逆境，我们就会想到《老人与海》，就会想到海明威。海明威是个意志非常顽强的人，也是一个孤独的奋斗者。其实这个老人象征着我们在生活当中遇到的一切无名的人物。所以我想这是海明威非常伟大的地方，他关注到了一个卑微的、弱小的老人，在面对困难的时候，迸发出的巨大的、强大的力量。海明威用自己的硬汉风格，用刀削斧凿般的语言，写出了弱小和强大之间的反差，为文学留下了一部经典之作，为世界留下了一种不服输的精神。

北京师范大学文学院教授　康震

QIN
YUE
FEI

朗读者
秦玥飞

秦玥飞是一个喝过"洋墨水"的城里孩子，在重庆长大。二十岁时，他以托福满分的成绩考入美国耶鲁大学，享受全额奖学金。二十六岁时，他以优异的成绩从耶鲁毕业，却选择来到湖南衡山脚下的一个小山村，做了一名大学生村官。

当人们惊讶于这种身份转变时，秦玥飞却觉得"自然而然"。这个一直想在"公共服务领域干点事儿"的年轻人，把村官看作是实现自己梦想最重要的舞台和起点。

五年多过去了，秦玥飞已经成了乡亲们充分信赖的人，从穿着打扮到生活习惯。他为村民修电器、写信，甚至下地干活。村民们亲昵地称他为"耶鲁哥"。他用自己的才智，立足农村实际，动员多方资源，为当地谋取民生福祉。他说："其实象牙塔到田野之间的距离并不遥远，这里已经扎下了我的根，未来这条路我会走得更远。"

朗读者 ❉ 访谈

董　卿：今天在现场，有很多你的同龄人，不少"80后""85后"。有没有什么问题想要问秦玥飞？

观　众：你好，我想问，您当了村官之后，待遇怎么样呢？

董　卿：一个月挣多少钱？

秦玥飞：我刚刚去村子里的时候，工资是一个月一千零五十元。去年我又涨工资了，现在是一千七百元一个月。

观　众：你是耶鲁毕业的，这么优秀，到了农村会不会大材小用了呢？

秦玥飞：我不觉得我是"大材"。农村这个广阔的天地，给我了一个平台，让我这样的"小材"可以有大用，所以我觉得并不是大材小用。

董　卿：回到一个最根本的问题，可能也是很多人心里的一个问题：当初为什么会做出这样的选择？

秦玥飞：这个选择的动力其实是源自于我的母亲。因为在我年纪非常小的时候，我的爸爸妈妈为了让我接受非常好的教育，就带着我去全国各地求学，吃了非常多的苦。在这种逆境当中，我时刻都能感受到我的爸爸妈妈，对美好生活的向往跟追求。我自己是非常认同这种追求的。大学毕业之后，我应该去做一个选择，这个选择应该符合我的价值观、我的追求跟认同。

董　卿：我手上有一些数据。我们可以看看秦玥飞在贺家山村和白云村这六年所做出来的一些成绩。他第一年就帮助村民引进了超过八十万的资金，建起了新的敬老院。然后三年里，修了水渠，重新硬化村路，同时引进了信息化教学设备。

秦玥飞：我们会去找政府，申请政府的扶持基金。然后会坐着绿皮火车，

到北京、上海这些大城市去找公益机构、找企业，让他们给我们资助。有的时候，我们为了拿到一笔资金，得跑三十家、四十家不同的机构，最后可能才有一家同意。

董　卿：从耶鲁毕业到了贺家山村之后，有没有一个适应的过程？

秦玥飞：当然有。其实去的时候，还不是很适应。我记得刚到村里的那天晚上，特别热，有特别多蚊子，第二天早上我起床的时候，就习惯性地洗了个澡。结果到了当天晚上，这个事就在村里传开了。村民们说：新来的小秦是不是嫌我们村里脏？那个时候我就发现，要真的为村民服务的话，如果我不是他们的一分子，如果我不能被村民接受，我就不能更好地去服务村民。所以我当时就改掉了早上洗澡的习惯，而且把衣服也反过来穿。因为我当时带去的衣服，有英文单词，我觉得太酷炫了，翻过来就是个单色。然后，村里的妇女主任又送给我一双解放鞋，我就一直穿解放鞋。

董　卿：那你要待到什么时候呢？你有自己的人生计划和时间表吗？

秦玥飞：其实我没有刻意地去想自己未来的规划，但我非常清楚的是，我以后的工作，肯定会长期和农村发生关系。最重要的一个考量就是，我之前在贺家山村所做成的这些事情，大多数都是输血的形式。这几年下来，我觉得如果真正想要改变村庄的面貌，就一定是要为村子里造血，去创造就业、创造财富。2014年的时候，我和耶鲁大学的一个中国同学一起，发起了一个公益项目，叫"黑土麦田"，英文名叫"Serve for China"，为中国服务。我们每年从中国和海外的高校里，招募一批非常优秀的大学毕业生，送到咱们国家的国家级贫困县的乡村里，去开展精准扶贫。

董　卿："黑土麦田"的一部分小伙伴也来到了我们的现场。几位年轻人先向大家自我介绍一下吧。

谭腾蛟：我叫谭腾蛟，毕业于中国人民大学，学的是新闻专业。现在跟玥飞在白云村一起做麦田合作社。主要是通过加工，把漫山遍野的山茶果变成山茶油，让农民的钱袋子变得更鼓。

周　璇：我叫周璇，毕业于中国社会科学院研究生院，现在在江西省宜春市飞剑潭乡柘源村服务。我们从农业局申请到十八万的资金，和老表们一起种植有机水稻。另外，我们的村子里还有非常好的土蜂蜜，希望可以有机会好好包装，走出山村，让更多人品尝到它。

陈昱璇：我叫陈昱璇，毕业于清华大学，现在在湖南湘西花垣县扪岱村服务，主要是和乡亲们一起开发当地的农副产品。苞谷烧、湘西腊肉，都是我们的特色产品。

陈旖雪：我叫陈旖雪，毕业于复旦大学，现在在湖南省花垣县补抽乡水桶村服务。除了过年的时候和昱璇他们村一起卖腊肉以外，我们还设计包装了一种长在深山里的野生猕猴桃，为当地村民增加了两万多块钱的收入。

杨　琪：我是杨琪，来自美国加州大学洛杉矶分校，目前和旖雪一起，也在湘西花垣县补抽乡水桶村进行服务工作。刚才他们介绍的都是吃的，其实我们村还有一件非常特别的东西。水桶村是一个非常传统的苗族村寨，里面的阿姨大姐从小就学习绣花，所以我们非常希望苗族刺绣能从她们的日常爱好变成赚钱的技能。

董　卿：非常好。你们让我想到了一首歌《在希望的田野上》：我们世世代代在这田野上生活，为它富裕，为它兴旺；我们世世代代在这田野上奋斗，为它幸福，为它增光。我们的理想在希望的田野上。这是八十年代我们都会唱的一首歌。但当这首歌传遍大街小巷的时候，恰恰是很多人渴望离开村庄，到城市去寻找梦想的时候。没想到今天有那么多从各大名校毕业的年轻人，怀抱着理想，再一次回到了农村这片广袤的土地上，去为它的富裕、发展贡献自己的力量。让我们掌声欢迎他们的朗读。

朗读者 ❋ 读本

泥泞

迟子建

北方的初春是肮脏的，这肮脏当然缘自于我们曾经热烈赞美过的纯洁无瑕的雪。在北方漫长的冬季里，寒冷催生了一场又一场的雪，它们自天庭伸开美丽的触角，纤柔地飘落到大地上，使整个北方沉沦于一个冰清玉洁的世界中。如果你在飞雪中行进在街头，看着枝条濡着雪绒的树，看着教堂屋顶的白雪，看着银色的无限延伸着的道路，你的内心便会洋溢着一股激情：为着那无与伦比的壮丽或者是苍凉。

然而春风来了。春风使积雪融化，它们在消融的过程中容颜苍老、憔悴，仿佛一个即将撒手人寰的老妇人。雪在这时候将它的两重性毫无保留地暴露出来：它的美丽依附于寒冷，因而它是一种静止的美、脆弱的美；当寒冷已经成为西天的落霞，和风丽日映照它们时，它的丑陋才无奈地呈现。

纯美之极的事物是没有的，因而我还是热爱雪。爱它的美丽、单纯，也爱它的脆弱和被迫的消失。当然，更热爱它们消融时给这大地制造的空前的泥泞。

小巷里泥水遍布；排水沟因为融雪后污水的加入而增大流量，哗哗地响；燕子在潮湿的空气里衔着湿泥在檐下筑巢；鸡、鸭、鹅、狗将它们游荡小巷的爪印带回主人家的小院，使院子里印满无数爪形的泥印章，宛如月下松树庞大的投影；老人在走路时不小心失了手杖，那手杖被拾起时就成了泥手杖；孩子在小巷奔跑嬉闹时不慎将嘴里含着的糖掉到泥水中了,他便失神地望着那泥水呜呜地哭,而窥视到这一幕的孩子的母亲却快意地笑起来……

这是我童年时常常经历的情景,它的背景是北方的一个小山村,时间当然是泥泞不堪的早春时光了。

我热爱这种浑然天成的泥泞。泥泞常常使我联想到俄罗斯这个伟大的民族,罗蒙诺索夫、柴可夫斯基、陀思妥耶夫斯基、托尔斯泰、蒲宁、普希金就是踏着泥泞一步步朝我们走来的。俄罗斯的艺术洋溢着一股高贵、博大、阴郁、不屈不挠的精神气息,不能不说与这种春日的泥泞有关。泥泞诞生了跋涉者,它给忍辱负重者以光明和力量,给苦难者以和平和勇气。一个伟大的民族需要泥泞的磨砺和锻炼,它会使人的脊梁永远不弯,使人在艰难的跋涉中懂得土地的可爱、博大和不可丧失,懂得祖国之于人的真正含义:当我们爱脚下的泥泞时,说明我们已经拥抱了一种精神。

如今在北方的城市所感受到的泥泞已经不像童年时那么深重了:但是在融雪的时节,我走在农贸市场的土路上,仍然能遭遇那种久违的泥泞。泥泞中的废纸、草屑、烂菜叶、鱼的内脏等等杂物若隐若现着,一股腐烂的气味扑入鼻息。这感觉当然比不得在永远有绿地环绕的西子湖畔撑一把伞在烟雨醇醇中聊干幻想来得惬意,但它仍然能使我陷入另一种怀想,想起木轮车沉重地辗过它时所溅起的泥珠,想起北方的人民跋涉其中的艰难的背影,想起我们曾有过的苦难和屈辱,我为双脚仍然能触摸到它而感到欣慰。

我们不会永远回头重温历史,我们也不会刻意制造一种泥泞让它出现在未来的道路上,但是,当我们在被细雨洗刷过的青石板路上走倦了,当我们面对着无边的落叶茫然不知所措时,当我们的笔面对白纸不再有激情而苍白无力时,我们是否渴望着在泥泞中跋涉一回呢?

为此，我们真应该感谢雪，它诞生了寂静、单纯、一览无余的美，也诞生了肮脏、使人警醒给人力量的泥泞。因此它是举世无双的。

  迟子建常被称为是来自中国北极村的"精灵"，她文笔灵动，格局大气，写小说细腻温暖，写散文质朴浑厚。《泥泞》看似一篇非常普通的散文，但细心的作家从雪和泥巴中写出了大地的广袤，写出了精神的宽度和人生的哲理。雪、泥土、故乡、精神追求，就这样巧妙地融为一体，成就了一篇虽然篇幅短小，但意蕴悠长的散文。

MAI JIA

麦家 朗读者

1994年，当麦家为自己的小说集《紫密黑密》写后记时，他一定没有想到，未来他的小说会有这么大的公众认知度和影响力。那时他写："这篇小说也许只有三个读者，但我也够了。"这本《紫密黑密》，正是后来给他带来巨大声誉的长篇小说《解密》的底本。可以说，《解密》奠定了麦家作为当代优秀小说家的地位。紧随其后，麦家又出版了长篇小说《暗算》，获得了第七届茅盾文学奖。

2005年，电视剧《暗算》播出。作为谍战剧的开山之作，该剧开播后即引发收视热潮，麦家也由此走入公众视野。2009年，《风声》被改编成同名电影上映。2011年，由麦家亲自担纲编剧的《风语》播出；同年，《刀尖》改编的电视剧《刀尖上行走》、《风声》改编的电视剧《风声传奇》也播出。

这些年麦家的影响力早已不局限在汉语世界，他的作品在海外备受推崇，《解密》英文版由英国企鹅出版社出版。

朗读者 ✤ **访谈**

董　卿：我一直在想，麦家老师到我们节目当中来，他会读一些什么？为谁读呢？

麦　家：我也很意外，最后我会选择读一封信。但这种意外某种意义上来说，也暗示了一个孩子在我生命当中的，重要性不用说，关键他给我制造的麻烦给我留下了太深刻的印象。

董　卿：为什么这么说呢？

麦　家：其实不光是我的孩子，我觉得至少有三分之一的孩子青春期都是难过的。这是一个生命现象。某种意义上来说，我的青春期一点也不比我的孩子好过。

董　卿：那你是从什么时候开始突然意识到儿子进入青春期了，而且突然意识到，你跟他的交流有些问题了？

麦　家：初二的时候。突然有一天他关上房门，而且你无法想象，这一关，三年，上千个日子，除了吃饭、上洗手间，其他时间一直关着，你不知道他在里面干什么。

董　卿：永远锁着门？

麦　家：永远锁着门，而且他绝对不允许你用任何方式进他的房间。如果说你冒犯了他，进了他的房间，那他肯定会离家出走。

董　卿：他不跟你有任何交流吗？

麦　家：语言冲突几乎只要交流就会发生。他内心的那种愤怒，这种愤怒你不知道从哪里来的，我觉得就是青春给他的，或者说我的基因给他的。那时候，我每天一旦想起孩子的前程，心里真的是黯然伤感。我一直感谢他妈，包括感谢我自己，就

是在这种濒临绝望的时候,我们始终没有绝望。

董　卿：你说是跟你的基因血脉有紧密关联的,你自己也有一段相似的青春期吗?叛逆、拒绝交流?

麦　家：孩子有这样的青春,我觉得某种意义上来说是青春犯的罪,但从根本上来说,是我犯的罪,是我基因有问题,他遗传了我的不良基因。我从十四岁八个月的那一天起,有十七年时间没喊我父亲。我上军校的目的就是要离开他,离开父亲。我不想看到他。给家里写信,从来不写父亲,只写"母亲你好",没有父亲。我觉得这些不要说了……

董　卿：但是当您真正地成长了之后,其实您对父亲更多的还是爱多过于恨,这种血脉当中注定的感情也是无法扭转的。

麦　家：我父亲是2011年去世的,当然这之前我们已经和解了。现在只要我回到村庄,第一件事情就是去父亲的坟前。我觉得我那十七年没有跟他说的话,都是等他死后说的。

董　卿：都说完了吗现在？

麦　家：我觉得永远也说不完。因为它是一个伤口，伤口会好，但伤疤的痕迹会永远留在那里。现在唯一的好处就是我要学会欣赏这样的人生。

董　卿：您有时候会不会觉得，因为您对自己的父亲有十几年的隔阂、冷漠，所以导致了有一天您的儿子用这样的方法来对待您？

麦　家：我非常地讨厌自己曾经有那么叛逆的时期，但是这个经历已经发生了……为什么我说孩子怎么叛逆，我的孩子那么叛逆，我一直没放弃，就是因为，我觉得这是我应该还的债。同时，我不想做那个父亲，孩子十几年不跟你交流；我也不想有这样的孩子，所以我一直在坚持，一直在忍受。我觉得这可能就是我人生很重要的一部分。

董　卿：三年时间，怎么走出来了呢？

麦　家：事后分析，我觉得主要的原因是他看到原来的同学、同龄人或者在网上玩的和聊天的那些人，都纷纷上了大学，拿到录取通知书了，他这个时候开始着急。最后就三个月，他开始学英语，然后学画画、学设计。我也没想到，最后他报考了美国的八所大学，收到了六所的录取通知书。

董　卿：去年他已经去美国读书了？

麦　家：对，去年去了。现在我还经常做梦，梦见他还在水深火热当中。那段时间对我来说刺激太大了，印象太深了。那时候陪伴他，说得难听一点儿，就是陪伴一头老虎一样，你得小心翼翼。他处在那个特殊的阶段，需要我们付出种种小心。

董　卿：所以，我们的年轻人，如果哪天你突然意识到，你的爸爸妈妈开始对你小心翼翼的时候，不要以为那真的是出于一份恐惧，那是出于一份爱。让我们珍惜吧！

麦　家：说得太好了！

董　卿：他出国的时候你为他做了哪些准备？做了哪些事情？

麦　家：我给他准备了一个笔记本，笔记本里面我放了两个信封，一个信封是两千美金，另外一个信封里面就是我今天要给他读的一封信。这也是我当时跟他分别的时候，悄悄放在他的行李箱里的。

董　卿：他读到信之后是什么反应？

麦　家：发了两个流眼泪的表情。（观众笑）

董　卿：笑的都是年轻人，他们都这么对付自己的父母：你写一堆话，他给你发一个表情。

麦　家：问题是这两个表情一下子把我眼泪逼下来了。我觉得他能够给我流两滴眼泪，就已经把我感动了。

董　卿：这已经是对你最友好的一种表示了，是吗？

麦　家：对。他已经把自己的内心打开了，开始体谅我了。甚至我还相信，他现在不给我的爱以后会加倍地还给我。

董　卿：就像你跟你父亲的关系一样是吗？

麦　家：对。人的一生总是要找到这种平衡。忠贞的人永远会得到忠贞，勇敢的人最后也是用勇敢来结束的。

董　卿：我觉得您今天这番话充满了真实的感受和长久的思考，给我们也带来了很多的启发。那你准备好你的朗读了吗？

麦　家：我准备好了。我觉得自己作为一个作家，最难的，也是最应该做到的一件事情，就是怎么样把自己的一些感受变成大众的感受，让特殊性变成普遍性。我觉得在我给儿子的这封信里面，是表达了某种普遍性的。

朗读者 ❊ 读本

致儿子

麦家

儿子，当你看到这封信时，你已在万里之外，我则在地球的另一端。地球很大，我们太小了，但我们不甘于小，我们要超过地球，所以你出发了。这是一次蓄谋已久的远行，为了这一天，我们都用了十八年的时间做准备；这也是你命中注定的一次远行，有了这一天，你的人生才可能走得更远。

我没有到过费城，但可以想象，那边的月亮不会比杭州的大，或者小；那边的楼房一定也是钢筋水泥的；那边的街弄照样是人来车往的；那边的人虽然肤色貌相跟我们有别，但心照样是要疼痛的，情照样是要圆缺的，生活照样是有苦有乐、喜忧参半的。世界很大，却是大同小异。也许最不同的是你，你从此没有了免费的厨师、采购员、保洁员、闹钟、司机、心理医生，你的父母变成了一封信、一部手机、一份思念。今后一切你都要自己操心操劳，饿了要自己下厨，乏累了要自己放松，流泪了要自己擦干，生病了要自己去寻医问药。这一下，你是那么地不一样，你成了自己的父亲、母亲、长辈。这一天，是那么地神奇，仿佛你一下就长大了。

但这，只是仿佛，不是真实。真实的你只是在长大的路上。如果不是吉星高照，这条路必定是漫漫长长的，坎坎坷坷的，风风雨雨的。我爱你，真想变作一颗吉星，高悬在你头顶，帮你化掉风雨，让和风丽日一直伴你前行。但这是不可能的，即便可能，对不起，儿子，我也不会这么做。为什么？因为我爱你，因为那样的话，你的人生必定是空洞的、苍白的、弱小的，至多不过是一条缸里的鱼，一棵盆里的花，一个挂着铃铛叮当响的宠物。这样的话我会感到羞愧的，因为你真正失败了。你可以失败，但决不能这样失败，竟然是被太阳晒死的，是被海水咸死的，是被寒风冻死的。作为男人，这也许是莫大的耻和辱！

好了，就让风雨与你同舟吧，就让荆棘陪你前行吧。既然有风雨，有荆棘，风雨中不免夹着雷电，荆棘中不免埋着陷阱。作为父亲，我爱你的方式就是提醒你，你要小心哦，你要守护好自己哦。说到守护，你首先要守护好你的生命，要爱惜身体，要冷暖自知，劳逸结合，更要远离一切形式的冲突，言语的，肢体的，个别的，群体的。青春是尖锐的，莽撞的，任何冲突都可能发生裂变，而生命是娇嫩的……这一点我只想一言蔽之，生命是最大的，生命面前你可以理直气壮地放下任何一切，别无选择。

其次，你要尽量守护好你的心。这心不是心脏的心，而是心灵的心。它应该是善良的，宽敞的，亮堂的，干净的，充实的，博爱的，审美的。善是良之本，宽是容之器，亮了，才能堂堂正正，不鬼祟，不魍魉。心若黑了、脏了，人间就是地狱，天堂也是地狱；心若空了，陷阱无处不在，黄金也是陷阱。关于爱，你必须做它的主人，你要爱自己，更要爱他人，爱你不喜欢的人，爱你的对手。爱亲人朋友是人之常情，是天理，也是本能，是平凡的；爱你不喜欢的人，甚至仇人敌人，才是道德，才是修养，才是不凡的。儿子，请一定记住，爱是翻越任何关隘的通行证，爱他人是最大的爱自己。

然后我们来说说美吧，如果说爱是阳光，那么美是月光。月光似乎是虚的，没用的，没有月光，万物照样漫生漫长，开花结果。但你想象一下，倘若没有月光，我们人类会丢失多少情意，多少相思，多少诗歌,多少音乐。美是虚的,又是实的,它实在你心田,它让你的生命变得有滋有味,有情有义,色香俱全的,饱满生动的。

呵呵,儿子,你的父亲真饶舌是不?好吧,到此为止。我不想你,也希望你别想家。如果实在想了,那就读本书吧。你知道的,爸爸有句格言:读书就是回家,书这一张纸比钞票更值钱!请容我最后饶舌一句,刚才我说的似乎都是战略性的东西,让书带你回家,让书安你的心,让书练你的翅膀,这也许就是战术吧。

爱你的父亲
2016 年 8 月 21 日

提到麦家,读者会一下子想起《暗算》中的天才数学家黄依依,天赋异禀的瞎子阿炳。想起"神秘""幽暗""悬而未决"这样的词。作为中国唯一一个"特情"小说作家,秘密部队的经历给了他无限的创作滋养。但朗读者中的麦家,家书中的麦家,褪去了让人捉摸不透的气质,还原成了一个父亲。他曾在父亲去世一周年的时候写下散文《致父亲》,回忆自己与父亲的误解,痛切忏悔自己的年少无知,也向读者泣血哀呼:尽孝要趁早。在这一篇里,他克制着涌动的情感,将对儿子的惦念、期许化成一句句肺腑之言。

X U
JING
LEI

徐静蕾 朗读者

1994年，徐静蕾因为《同桌的你》和《新言情时代》走进观众视野。1998年，她搭档李亚鹏参演了内地第一部偶像剧《将爱情进行到底》，受到众多年轻人的追捧。灵动青涩的文慧，至今还被一代人视为"校花"的典范。2002年，她又凭借《开往春天的地铁》，成为大众电影百花奖最佳女主角。

然后，她去做导演。在执导了叶大鹰支持的《我和爸爸》、姜文加盟的《一个陌生女人的来信》，以及王朔操刀的《梦想照进现实》之后，她去拍起了女性职场电影。一部《杜拉拉升职记》，让她一跃成为大陆首个票房破亿的女导演。

演员和导演之外，徐静蕾还有多重身份。她是众人眼中的才女，写得一手好字。根据她的手写体量身定做的"方正静蕾简体"是我国第一款真正意义上的个人书法计算机字库产品；她是"中国博客第一人"，新浪博客仅开通一百一十二天，点击量就突破千万；她还是杂志主编，是手工达人，是新时代独立女性的代表。这些不同凡响的人生选择，让她活得尤为精彩。

朗读者 ✤ **访谈**

董　卿：在一般的观众看来，你从做演员、当导演到写书，似乎在很多角色当中转换，这说明你是一个很善于选择的人吗？

徐静蕾：其实我是一个很善变的人，很希望做一些没有做过的事情。有朋友甚至说我，在事业上是有自毁倾向的。什么东西做得不错了，我就不做了，我要换别的东西。

董　卿：你是会主动选择的人吗？还是被动选择？

徐静蕾：我觉得其实在小时候比较被动。因为我人生的很多重要的决定或者说迈出去这一步都是由朋友来推动的。

董　卿：你也属于比较早的中国女演员当中"演而优则导"的一批，那个选择也是一个被动、别人推动你的选择？

徐静蕾：对。那是我的一个非常非常好，而且我非常尊重和信赖的朋友。他不停地在说，你一定可以，就我对你的了解，一定可以。讲了很长时间以后，我说好吧，其实真的是他推动我来做这件事情。

董　卿：真正地开始做导演之后，会发生一些什么样的事情？

徐静蕾：有一度拍到半截就觉得拍不下去了，因为我觉得我跟别人的沟通、交流出了很大的问题。我觉得我说不清楚我要什么，别人也听不懂我要什么。本来觉得交流很顺畅的那种好朋友，也互不理解了，突然有一种孤独感。即便是很好很好的摄影师，都觉得我这个人刚愎自用。其实我是这样，我想好了什么东西，别人很难改变我的。后来我就懂了，拍一个你的方案，再拍一个我要的方案，然后选择。不过，我们摄影师说：

嗯，我知道，最后你肯定会选择自己的方案。

董　卿：但是你起码懂得了相互尊重或者说更好的一种跟人相处的方式。

徐静蕾：是。导演这个工作带给我非常大的成长，学会了站在别人的角度去想问题，就像从一个家里的老小变成了家里的老大那种感觉。

董　卿：你真的对文艺片或者说爱情片失去兴趣了吗？

徐静蕾：目前这个阶段是真的失去兴趣了。我觉得最重要的原因是我不痛苦了。拍爱情片、情感片，如果你不痛苦，怎么拍片子？

董　卿：你的意思是你现在的爱情生活太美满了是吗？

徐静蕾：反正就不纠结、不痛苦，还挺美满的。你要是做艺术，很纯艺术的东西的话，如果整个人不痛苦，就容易轻飘飘的，很难出来真正有点深度的作品。

董　卿：但是只恋爱不结婚也是你自己的一种选择吗？

徐静蕾：我现在因为觉得一切都挺好的，可以说一百分。也不会因为结婚变成一百二十分了，所以就顺其自然吧。我也不是反对结婚。

董　卿：很大的原因可能是父母也没有给你太大的压力，或者说对方也没有给你太大的压力。

徐静蕾：我长大了以后，我爸爸挺尊重我自己的选择的。有时候我甚至都觉得，他为什么毫不关心我的事情。我不知道是不是我爸爸觉得我是女孩儿，不太好意思跟我讲。小时候，我记得我们一起看电视，如果电视上有爱情片的题材，他马上换台。全家都尴尬和窘迫得一塌糊涂。

董　卿：好尴尬。

徐静蕾：对，好尴尬。所以他很少会跟我谈论这种话题。

董　卿：你也不会主动跟他说这些是吗？

徐静蕾：我会说我男朋友怎么样，会说一点儿，但是他真的很少来问。

董　卿：他们有正式见过面吗？

徐静蕾：见过，当然见过，因为很久了。可是我觉得见面的时候两个男人好尴尬。所以我说就尽量少见面。然后我男朋友也是，也不知道说什么，就只能帮我爸搬东西，反正好怪。

董　卿：但是他们不来干涉你，完全尊重你的意愿。可是有时候我觉得可能也得干涉干涉你，否则你就一直这样下去了。这个选择其实是不做选择。

徐静蕾：大概是他对自己的教育很有信心吧，觉得我被他教育得不错，不会有什么出格的事。现在其实基本上就是全部是自己选择的，多长时间做一件事情，什么时候要休息了，什么时候要怎么样，全部是自己的选择。唯一我觉得不能掌握的，就是随着我年纪增长，我父母的年纪也会增长。似乎这才发现，这个世界上，其实什么失恋啊，都不是重要的事情；只要这个人还活着，就都不是大事儿。

其实我自己的生活从奶奶去世以后发生了特别大的改变。有段时间我觉得，在时光面前，眼前的一切事情都毫无意义。

董　卿：那段时间你最不能碰到，比如不能看到什么或者不能想到什么？

徐静蕾：我就不能看老人的电影。如果看到我就心里好难过。我现在觉得我有点逃避这个现实。我也知道，人生真的是会有很残酷的事情发生。这个残酷的事情就是你越爱的人越会给你带来更大的难过，因为他总有一天会离开。这一点让我还是挺难接受的。基本上我在别的方面都是很坚强的，但在这方面，我觉得还是没有想明白。

董　卿：你以后会去选择这一类的电影作为你的一个题材吗？

徐静蕾：也许有一天，如果我能看懂、想明白了，会拍，但是现在不会。不敢。

董　卿：今天朗读是献给你的亲人吗？

徐静蕾：对。我今天会读史铁生的《奶奶的星星》。

董　卿：其实史铁生写了很多情感温度很高的文字，像《秋天的怀念》《奶奶的星星》，都在写那些人不在了之后，他对他们的一种重新的理解和认识。《秋天的怀念》是写他妈妈。那个时候他腿残疾了之后，他觉得整个世界都欠他的，他对谁都是很不耐烦，特别是对他的妈妈，他妈妈跟他说句话都战战兢兢的。后来突然有一天他妈妈就走了。《奶奶的星星》也挺好的，里边有一句话我印象特别深刻，他说，地上如果有一个人死了，天上就会多一颗星，因为他要给活着的人照亮。你现在还经常能感受到奶奶的光照到你吗？

徐静蕾：我能感觉得到。其实她还是在的，只是以我们凡人的眼睛可能看不到她，但我觉得，如果你的心感受到她，还是在。

董　卿：有什么特殊的时间你会感受到她吗？

徐静蕾：我不能说这个话。我能不说这个话题吗？（停顿）就是有的时候做梦会，有的时候我自己一个人比较安静地在房间里待着的时候也会。因为我从小等于就是我奶奶带大的，而且我爸爸有点凶，然后奶奶就是我的避风港的感觉。我觉得我的童年在奶奶去世的那天就彻底结束了。

董　卿：虽然有些悲伤，可是很温暖。

徐静蕾：对。其实有时候我觉得人的心灵是需要一些温暖的东西来慰藉的，因为现实摆在那里。但我们还是要往温暖的地方去想。

朗读者 读本

奶奶的星星（节选）

史铁生

世界给我的第一个记忆是：我躺在奶奶怀里，拼命地哭，打着挺儿，也不知道是为了什么，哭得好伤心。窗外的山墙上剥落了一块灰皮，形状像个难看的老头儿。奶奶搂着我，拍着我，"噢——噢——"地哼着。我倒更觉得委屈起来。"你听！"奶奶忽然说，"你快听，听见了么……"我愣愣地听，不哭了，听见了一种美妙的声音，飘飘的、缓缓的……是鸽哨儿？是秋风？是落叶划过屋檐？或者，只是奶奶在轻轻地哼唱？直到现在我还是说不清。"噢噢——睡觉吧，麻猴来了我打它……"那是奶奶的催眠曲。屋顶上有一片晃动的光影，是水盆里的水反射的阳光。光影也那么飘飘的、缓缓的，变幻成和平的梦境，我在奶奶怀里安稳地睡熟……

我是奶奶带大的。不知有多少人当着我的面对奶奶说过："奶奶带起来的，长大了也忘不了奶奶。"那时候我懂些事了，趴在奶奶膝头，用小眼睛瞪那些说话的人，心想：瞧你那讨厌样儿吧！翻译成孩子还不能掌握的语言就是：这话用你说么？

奶奶愈紧地把我搂在怀里，笑笑："等不到那会儿哟！"仿佛已经满足了的样子。

"等不到哪会儿呀？"我问。

"等不到你孝敬奶奶一把铁蚕豆。"

我笑个没完。我知道她不是真那么想。不过我总想不好，等我挣了钱给她买什么。爸爸、大伯、叔叔给她买什么,她都是说:"用不着花那么多钱买这个。"奶奶最喜欢的是我给她踩腰、踩背。一到晚上,她常常腰疼、背疼,就叫我站到她身上去,来来回回地踩。她趴在床上"哎哟哎哟"的,还一个劲儿夸我:"小脚丫踩上去,软软乎乎的,真好受。"我可是最不耐烦干这个,她的腰和背可真是够漫长的。"行了吧?"我问。"再踩两趟。"我大跨步地打了个来回:"行了吧?""唉,行了。"我赶快下地,穿鞋,逃跑……

于是我说:"长大了我还给您踩腰。"

"哟,那还不把我踩死?"

过了一会儿我又问:"您干吗等不到那会儿呀?"

"老了,还不死?"

"死了就怎么了?"

"那你就再也找不着奶奶了。"

我不嚷了,也不问了,老老实实依偎在奶奶怀里。那又是世界给我的第一个可怕的印象。

一个冬天的下午,一觉醒来,不见了奶奶,我趴着窗台喊她,窗外是风和雪。"奶奶出门儿了,去看姨奶奶。"我不信,奶奶去姨奶奶家总是带着我的;我整整哭喊了一个下午,妈妈、爸爸、邻居们谁也哄不住,直到晚上奶奶出我意料地回来。这事大概没人记得住了,也没人知道我那时想到了什么。小时候,奶奶吓唬我的最好办法,就是说:"再不听话,奶奶就死了!"

夏夜,满天星斗。奶奶讲的故事与众不同,她不是说地上死一个人,天上就熄灭了一颗星星,而是说,地上死一个人,天上就又多了一个星星。

"怎么呢?"

"人死了,就变成一个星星。"

"干吗变成星星呀?"

"给走夜道儿的人照个亮儿……"

我们坐在庭院里,草茉莉都开了,各种颜色的小喇叭,掐一朵放在嘴上吹,有时候能吹响。奶奶用大芭蕉扇给我轰蚊子。凉凉的风,蓝蓝的天,闪闪的星星,永远留在我的记忆里。

那时候我还不懂得问,是不是每个人死了都可以变成星星,都能给活着的人把路照亮。

奶奶已经死了好多年。她带大的孙子忘不了她。尽管我现在想起她讲的故事,知道那是神话,但到夏天的晚上,我却时常还像孩子那样,仰着脸,揣摩哪一颗星星是奶奶的……我慢慢去想奶奶讲的那个神话,我慢慢相信,每一个活过的人,都能给后人的路途上添些光亮,也许是一颗巨星,也许是一把火炬,也许只是一支含泪的烛光……

奶奶是小脚儿。奶奶洗脚的时候总避开人。她避不开我,我是"奶奶的影儿"。

"这有什么可看的!快着,先跟你妈玩去。"

我蹲在奶奶的脚盆前不走。那双脚真是难看,好像只有一个大脚趾和一个脚后跟。

"您疼吗?"

"疼的时候早过去啦。"

"这会儿还疼吗?"

"一碰着,就疼。"

我本来想摸摸她的脚,这下不敢了。我伸一个指头,拨弄拨弄盆里的水。

"你看受罪不!"

我心疼地点点头。

"赶明儿奶奶一喊你,你就回来,奶奶追不上你。嗯?"

我一个劲点头,看着她那两只脚,心里真害怕。我又看看奶奶的脸,她倒没有疼的样子。

"等我妈老了,脚也这样儿了吧?"

一句话把奶奶问得哭笑不得。妈妈在外屋也忍不住地笑,过来把我拉开了。奶奶还在里屋念叨:"唉,你妈赶上了好时候,你们都赶上了好时候……"

晚上睡在奶奶身旁,我还想着这件事,想象着一个老妖婆(就像《白雪公主》里的那个老妖婆,鼻子有钩,脸是蓝的),用一条又长又结实的布使劲勒奶奶的脚。

"您妈是个老妖婆!"我把头扎在奶奶的脖子下,说。

"这孩子,胡说什么哪?"奶奶一愣,摸摸我的头,怀疑我是在说梦话。

"那她干吗把您的脚弄成那样儿呀?"

奶奶笑了,叹口气:"我妈那还是为我好呢。"

"好屁!"我说。平时我要是这么说话,奶奶准得生气,这回没有。

"要不能到了你们老史家来?"奶奶又叹气。

"我不姓屎!我姓方!"我喊起来。"方"是奶奶的姓。

奶奶也笑,里屋的妈妈和爸爸也笑。但不知为什么,他们都不像往常那样笑得开心。

"到你们老史家来,跟着背黑锅。我妈还当是到了你们老史家,能享多大福呢……"奶奶总是把"福"读成"斧"的音。

老史家是怎么回事呢?奶奶干吗总是那么讨厌老史家呢?反正我

不姓屎，我想。

月光照在窗纸上，一个个长方格，还有海棠树的影子。街上传来吆喝声，听不清是卖什么的，总拖着长长的尾音。我看见奶奶一眨不眨地睁着眼睛想事。

"奶奶。"

"嗯？睡吧。"奶奶把手伸给我。

奶奶想什么呢？她说过，她小时候也有一双能蹦能跳的脚。拉着奶奶的手睡觉，总能睡得香甜。我梦见奶奶也梳着两个小"抓髻"，踢踢踏踏地跳皮筋儿，就像我们院里的惠芬三姐，两个"抓髻"，两只大脚片子……

惠芬三姐长得特别好看。我还只是个小孩子的时候，就觉得她好看了。她跳皮筋的时候我总蹲在一边看，奶奶叫我也叫不动。但惠芬三姐不怎么爱理我。她不太爱理人。只有她们缺一个人抻皮筋的时候，她才想起我。我总盼着她们缺一个人。她也不爱笑，刚跳得有点高兴了，她妈就又喊她去洗菜，去和面，去把她那群弟弟妹妹的衣裳洗洗。她一声不吭地收起皮筋，一声不吭地去干那些活。奶奶总是夸她，夸她的时候，她也还是·声不吭。

惠芬三姐最小的弟弟叫八子，和我同岁。他们家有八个孩子，差不多一个比一个小一岁。他们家住南屋，我们家住西屋。

院子中间，十字砖路隔开四块土地，种了一棵梨树和三棵海棠树。春天，满院子都是白花；花落了，满地都是花瓣。树下也都种的花：西番莲、草茉莉、珍珠梅、美人蕉、夜来香……全院的人都种，也不分你我。也许因为我那时还很小，总记得那些花都很高。我和八子常在花丛里钻来钻去。晚上，那更是捉迷藏的好地方，往茂密的花丛中一蹲,学猫叫。奶奶总愿意把我们拢到一块,听她说谜语:"青石板,板石青,青石板上……""咳,是星星!"奶奶就会那么几个谜语。八子不耐烦了,又去找纸叠"子弹";我们又钻进花丛。"别崩着眼睛!唉……"奶奶坐在门前喊。"没有,我们崩猫呢!"八子说。有一只外头来的大黑猫,是我们的假想敌。"猫也别崩,好好的猫,你们别害巴它!"奶奶还在喊。我们什么都听不见了,从前院追到后院,又嚷又叫,黑猫蹿上房,逃跑了。

八子特别会玩。弹球儿他总能赢,一赢就是大半兜,好的不多,净是大麻壳、水泡子。他还会织逮蜻蜓的网,一逮就是一大把,每个手指缝夹两只。他还敢一个人到城墙根去逮蛐蛐,或者爬到房顶上去摘海棠。奶奶就又喊:"八子,八子!什么时候见你老实会儿!看别摔了腰!"八子爱到我们家来,悄悄的,不让他妈知道;奶奶总把好吃的分给我们俩——糖,一人两块,或者是饼干,一人两三块。八子家生活困难,平时吃不到这些东西。八子妈总是抱怨:"有多少东西,也不够我们家那几个'小饿狼儿'吃的。"我和八子趴在奶奶的床上,把糖嘬得咂咂地响,用红的、蓝的玻璃纸看太阳,看树,看在院里晾衣服的惠芬三姐,我们俩得意地嘻嘻哈哈笑。"八子!别又在那儿闹!"惠芬三姐说话总绷着脸,像个大人。八子嘴里含着糖,不敢搭茬。"没闹,"奶奶说,"八子难得不在房上。"其实奶奶最喜欢八子,说他忠厚。

上小学的时候,我和八子一班。记得我们入队的时候,八子家还给他做不上一件白衬衫,奶奶就把我的两件白衬衫分一件给八子穿。八子高兴得脸都发红,他长那么大一直是捡哥哥姐姐的旧衣服穿。临去参加入队仪式的早晨,奶奶又把八子叫来,给我们俩每人一块蛋糕和两个鸡蛋。八子妈又给了我们每人一块补花的新手绢,是她自己做的。八子妈没日没夜地做补花,挣点钱贴补家用。

奶奶后来也做补花，是八子妈给介绍的。一开始，八子妈不信奶奶真要做，总拖着。奶奶就总问她。

"八子妈，您给我说了吗？"

"您真要做是怎么的？"八子妈肩上挂着一绺绺各种颜色的丝线。

"真做。"

"行，等我给您去说。"

过了好些日子，八子妈还是没去说。奶奶就又催她。

"您抽空给我说说去呀？"

"您还真要做呀？"

"真做。"

"您可真是的，儿子儿媳妇都工作，一月一百好几十块，总共四口人，受这份累干吗？"

"我不是缺钱用……"奶奶说。

奶奶确实不是为挣那几个钱。奶奶有奶奶的考虑，那时我还不懂。

小时候，我一天到晚都是跟着奶奶。妈妈工作的地方很远，尤其是冬天，她要到天挺黑挺黑的时候才能回来。爸爸在里屋看书、看报，把报纸弄得窸窸窣窣地响。奶奶坐在火炉边给妈妈包馄饨。我在一旁跟着添乱，捏一个小面饼贴在炉壁上，什么时候掉下来就熟了。我把面粉弄得满身全是。

"让你别弄了，看把白面糟踏的！"奶奶掸掸我身上的面粉，给我把袄袖挽上。

"那您给我包一个'小耗子'！"

"这是馄饨，包饺子时候才能包'小耗子'。"

可奶奶还是擀了一个饺子皮，包了一个"小耗子"。和饺子差不多，只是两边捏出了好多褶儿，不怎么像耗子。

"再包一只'猫'！"

又包一只"猫"。有两只耳朵，还有点像。

"看到时候煮不到一块儿去，就说是你捣乱。"

"行，就说是我包的！"

奶奶气笑了："你要会包了，你妈还美。"

"唉，你们都赶上了好时候。"我拉长声音学着往常奶奶的语调，"看你妈这会儿有多美！"

奶奶常那么说。奶奶最羡慕妈妈的是，有一双大脚，有文化，能出去工作。有时候，来了好几个妈妈的同事，她们"叽叽嘎嘎"地笑，说个没完，说单位里的事。我听不懂，靠在奶奶身上直想睡觉。奶奶也未必听得懂，可奶奶特别爱听，坐在一个不碍事的地方，支棱着耳朵，一声不响。妈妈她们大声笑起来。奶奶脸上也现出迷茫的笑容，并不太清楚她们笑的是什么。"妈，咱们包饺子吧。"妈妈对奶奶说。奶奶吓了一跳，忙出去看火，火差点就要灭了；奶奶听得把什么都忘了。客人们走后，奶奶的情绪一下子低落了，说："你们刷碗、添火吧，我累了。"妈妈让奶奶躺会儿。奶奶不躺，坐在那儿发呆。好半天，奶奶又是那句话："唉，你们都赶上了好时候。"爸爸、妈妈都悄悄的。只有我敢在这时候接奶奶的茬："看你妈多美，大脚片子，又有文化，单位里一大伙子人，说说笑笑多痛快。""可不是么。我就是没上过学。我有个表妹……""知道，知道。"我又把话茬接过去，"你有个表妹，上过学，后来跑出去干了大事。""可不真的？"奶奶倒像个孩子那样争辩。"您表妹也吃食堂？"我这一问把爸爸、妈妈全逗乐了。奶奶有些尴尬："六七岁讨人嫌。"奶奶骂我只会这一句。不知为什么，奶奶特别羡慕别人吃食堂，说起她羡慕或崇拜的人来，最后总要说明一句:"人家也吃食堂。"

后来,一九五八年,街道上也办了食堂。奶奶把家里的好多坛坛罐罐都贡献了出去。她愿意早早地到食堂门口去等着开饭。中午,爸爸、妈妈都不回来,她叫我放了学到食堂去找她。卖饭的窗口开了,她第一个递上饭票去:"要一个西红柿,一个……嗯……"她把"一个"咬得特别清楚,但却不自然;她有些不好意思,但又很骄傲似的。现在回想起来,她大概是觉得自己和那些能出去工作的人相仿了,可她毕竟又没出去工作过。

……

最后这几年,奶奶依旧是很忙。天不亮就去扫街。吃了早饭就去参加街道上办的"专政学习班"。下午又去挖防空洞。

"您这么大岁数,挖什么呀?还不够添乱的呢!"我说。

奶奶听了不高兴:"我能帮着往外撮土。"

"要不我替您去吧。我挖一天够您挖十天的。我替您去干一天,您就歇十天。"

"那可不行。人家让我去是信任我。你可别外头瞎说去。好不容易人家这才让我去了。"

奶奶还是那么事事要强。

最让奶奶难受的是人家不让她去值班。那时候,无论春夏秋冬,不管刮风下雨,北京所有的小胡同里都有人值班。绝大多数是没有工作的老头、老太太,都是成分好的,站在胡同口,或拿个小板凳坐在墙角里,监视坏人,维护治安。每个人值两个小时,一班接一班。奶奶看人家值班,很眼热,但她的成分不好。

一天,街道积极分子来找奶奶,说是晚十点到十二点这一班没人了，李老头病了，何大妈家里离不开，一时没处找人去，让奶奶值一班。奶奶可忙开了，又找棉袄，又找棉鞋。秋风刮得挺大。

"真要是有坏人，您能管得了什么？他会等着让您给他一拐棍儿？"

"人家这是信任我。"

"就算您用拐棍儿把他的腿钩住了，他也得把您拉个大马趴。"

"我不会喊？"

"我替您去吧。"

"那可不行！"奶奶穿好了棉衣，拿着拐棍儿，提着板凳，掖着手电筒，全副武装地出了门。

我出门去看了看。奶奶正和上一班的一个老头在聊天。还不到十点。两个人聊得挺热火。风挺大，街上没什么人。那老头在抱怨他孙子结婚没有房……

十点刚过，奶奶回来了。

"怎么啦？"

奶奶说："又有人接班了。"脸色挺难看。

"有人了更好。咱们睡觉。"

奶奶不言语，脱棉袄的时候，不小心把手电筒掉地上了，玻璃摔碎了。

"您累了吧？我给您按摩按摩？"

奶奶趴在床上。我给她按摩腰和背。她还是一到晚上就腰酸背疼。我想起小时候给奶奶踩腰，觉得她的腰背是那样漫长。如今她的腰和背却像是山谷和山峰，腰往下塌，背往上凸。

我看见奶奶在擦眼泪。

"算了，什么大不了的事儿！"我说。

"敢情你们都没事儿。我妈算是瞎了眼，让我到了你们老史家来……"

海棠树的叶子又落了，树枝在风中摇。星星真不少，在遥远的宇宙间痴痴地望着我们居住的这颗星球……

那是一九七五年，奶奶七十三岁。那夜奶奶没有再醒来。我发现的时候，她的身体已经变凉。估计是脑溢血。很可能是脑溢血。

给奶奶穿鞋的时候我哭了。那双小脚儿，似乎只有一个大拇指和一个脚后跟。这双脚走过了多少路啊。这双脚曾经也是能蹦能跳的。如今走到了头。也许她还在走，走进了天国，在宇宙中变成了一颗星星……

现在毕竟不是过去了。现在，在任何场合，我都敢于承认：我是奶奶带大的，我爱她，我忘不了她。而且她实在也是爱这新社会的。一个好的社会，是会被几乎所有的人爱的。奶奶比那些改造好了的国民党战犯更有理由爱这新社会。知道她这一生的人，都不怀疑这一点。

当然，最后这几年，她心里一定非常惶惑。我不能原谅自己的是这样一件事：那时每天晚上，奶奶都在灯下念报纸上的社论。在那个"专政学习班"里，奶奶是学得最好的一个。她一字一顿地念，像当年念扫盲课本时那样。我坐在桌子的另一边看书。显然是有些段落她看不大懂，不时看看我，想找机会让我给她讲一讲。我故意装得很忙，不给她这个机会，心想：您就是学得再好，再虔诚些，人家又能对您怎么样？那正是"反击右倾翻案风"的时候，净是些狗屁不通的社论。奶奶给我倒茶，终于找到了机会。

"你给我讲讲这一段行不？"

"咳，您不懂！"

"你不告诉我，我可不老是不懂。"

"您懂了又怎么样？啊？又怎么样？"

奶奶分明听出了我的话外之音。她默默地坐着，一声不响。第二天晚上，她还是一字一句地自己念报纸，不再问我。我一看她，她的声音就变小，挺难为情似的……

老海棠树还活着，枝叶间，星星在天上。我认定那是奶奶的星星。据说有一种蚂蚁，遇到火就大家抱成一个球，滚过去，总有一些被烧死，也总有一些活过来，继续往前爬。人类的路本来很艰难。前些时候碰上了惠芬三姐，听说因为她"文革"中做了些错事，弄得她很苦恼，很多事都受到影响。我就又想起了奶奶的星星。历史，要用许多不幸和错误去铺路，人类才变得比那些蚂蚁更聪明。人类浩荡前行，在这条路上，不是靠的恨，而是靠的爱……

选自人民文学出版社《我与地坛》

史铁生在他生命中相当长的一段时间，都承受着死亡的压迫。在他开始写作的时候，由于他个人的特殊的经历、境遇，我觉得他就是一个深刻的思考生命的作家。所以这个《奶奶的星星》，它所写的是如此具体，又如此饱含情感的往事。

中国作家协会副主席、著名评论家　李敬泽

史铁生是当代中国最令人敬佩的作家之一。他的写作与他的生命完全连在了一起,在自己的"写作之夜",史铁生用残缺的身体,说出了最为健全而丰满的思想。他体验到的是生命的苦难,表达出的却是存在的明朗和欢乐;他睿智的言辞,照亮的反而是我们日益幽暗的内心。……当多数作家在消费主义时代里放弃面对人的基本状况时,史铁生却居住在自己的内心,仍旧苦苦追索人之为人的价值和光辉,仍旧坚定地向存在的荒凉地带进发,坚定地与未明事物作斗争。这种勇气和执着,深深地唤起了我们对自身所处境遇的警醒和关怀。

华语文学传媒大奖杰出成就奖授奖词

RICHARD

SEARS

朗读者

理查德·西尔斯

作为中国人，我们都曾经感受到过汉字之美。方正的形状当中，自有一番风骨，自有一番哲理。对汉字的热爱是浸透在我们血脉中的一种文化的传承。然而有这样一位美国人，对汉字也到了痴迷的程度。他用了十年的时间来学习汉语，用了二十年的时间建立了一个汉字的数据库，为此他倾尽所有。他被人们亲切地称为"汉字叔叔"，他的美国名字叫理查德·西尔斯，中文名字叫斯睿德。

二十二岁，理查德买了第一张来中国的单程机票，从那时起，他就与汉字结下了一生的不解之缘。初学汉语时，他面对着近五千个汉字和六万个词汇，一头雾水。汉字的笔画之间似乎没有任何逻辑关系，如果能知道汉字的来源和演变，学起来会容易一点。但他发现，没有英文书籍来解释汉字字源。作为曾经的硅谷工程师，他萌发了将汉字字源存入计算机的想法。

这份无偿的事业让他穷困潦倒，但他始终没有放弃。如今他的网站"Chinese Etymology"（汉字字源）搜集编列超过96000个古代中文字形、31876个甲骨文、24223个金文以及秦汉11109个大篆书、596个小篆体，并对6552个最常用的现代中文字进行了字源分析。每个现代汉字，网站都给出了英文释义。网站上还列出了部分普通话、台语、粤语和上海方言的语音数据库。

朗读者 ✤ 访谈

董　卿：您在中国生活有多久了？

理查德：一共有十一年。在大陆有六年，之前在台湾待过近六年。

董　卿：您对汉字的热爱，或者说对汉字的一些知识，可能超过了一般的中国人。

理查德：我想了解汉字的来源。每一个汉字的每一个构件都有一个象形文字的来源。我分析了繁体字的四万八千零八个字；《金文编》，就是周代的汉字，两万一千个字。还有甲骨文，是商代的汉字，三万一千个字。我也分析《说文解字》所有的标音符号跟标意符号，还有繁体字、简体字的演变。

董　卿：您在美国学习的时候，大学学的专业是什么？

理查德：是高能物理，还有电脑。所以当我跟爸爸妈妈说，我要去中国学汉语，他们说我"神经病"。（笑）可是再过了几年，他们慢慢理解汉语跟汉字是我的命。

董　卿：这些年您完全是靠一己之力，花时间、花钱去建立这个数据库？

理查德：对。在1994年，我四十几岁，我突然心脏病发病，差不多死掉了。我问我自己，如果确定只有二十四个小时，我能做什么？我只能打电话跟我的朋友说再见。如果确定只有一年，你要做什么？我说，我想要电脑化《说文解字》。《说文解字》是中国的第一个字典。

董　卿：为什么？为什么在那样一个连命都差点没保住的时候，想到要做的第一件事情是这个？

理查德：我的生活有三个部分：一个是工作，一个是家庭，一个是爱好。物理是我的爱好，汉字也是我的爱好。因为我不知道什么时候会死掉，所以我不要浪费每一天。

董　卿：您工作也是为了爱好，所以把您工作得来的所有的收入都投入到了这个爱好当中？

理查德：对。

董　卿：二十多年的时间，您大概投入了多少经费？

理查德：我计算我可能花了差不多三十万美金，那是在2010年。最近的六七年，我又花了一些钱。

董　卿：理查德是一个生活上非常非常简单的人。他虽然被大家称为"汉字叔叔"，但是认识他、熟悉他的朋友说，他是一个热爱汉字的"穷光蛋"和热爱汉字的"流浪汉"。

理查德：有很多人就是为了钱工作，除了工作赚钱以外，没有什么爱好。我觉得每一个人都应该要有自己的爱好，然后要找自己的梦想。我现在的工作是有一点不稳定的,有人说,汉字叔叔只有一个背包,还有一个笔记本电脑。因为这样,有些人说我是流浪汉。可是我不是随便在路上睡觉的流浪汉。(全场笑)

董　卿：您通过这二十多年的研究,觉得汉字的美到底在什么地方？

理查德：汉字的美在于,每一个汉字都有一个故事。如果你知道这个故事,你会更理解汉字,更了解中国的社会历史文化。

董　卿：因为毕竟中华民族的文化传承已经有五千年的历史了。这是很惊人的。

理查德：对。

董　卿：那您今天来到《朗读者》的现场,想把朗读献给谁呢？

理查德：我要献给我的妈妈。我的妈妈2015年死掉了。

董　卿：您没有能赶上见她最后一面？

理查德：没有。可是生活就是这样子的。有人说我是一个流浪汉,我就把妈妈的骨灰带到中国来了,因为现在我觉得中国是我的家。

董　卿：那您今天想要为妈妈朗读些什么呢？

理查德：《陋室铭》。我觉得这个故事跟我的生活有一点儿关系。我没有钱买一个好的家,没有一个固定的住所,所以我的家也是有一点儿像"陋室"。

董　卿：其实无论住得多么简陋,只要住在里面的人德行高尚、志向高远,那这个屋子依然会满屋生香、满屋生辉。

朗读者 ❀ 读本

陋室铭

〔唐〕 刘禹锡

　　山不在高，有仙则名；水不在深，有龙则灵。斯是陋室，惟吾德馨。苔痕上阶绿，草色入帘青。谈笑有鸿儒，往来无白丁。可以调素琴，阅金经。无丝竹之乱耳，无案牍之劳形。南阳诸葛庐，西蜀子云亭。孔子云："何陋之有！"

　　刘禹锡写这篇《陋室铭》的时候，正是很倒霉的时候。他受到了排挤，被贬到了安徽和州。他写的《陋室铭》，实际上是为了表白自己的心迹——一个人最重要的不是拥有多少财富和拥有多大的房子，而是要拥有深厚的学识和崇高的思想道德。一个人最重要的不是高朋满座，而是有精神上能够契合的知己。当然同时，刘禹锡也在借圣贤之言、之行自我安慰，表达的还是古人"穷则独善其身，达则兼济天下"的情怀。

北京师范大学文学院教授　康震

GUO XIAO PING

郭小平 朗读者

"随着医疗技术的发展，艾滋病毒已经不像过去那么厉害了，而依然有一种'病毒'在我们身边肆虐，那就是'歧视'，但是总要有人去面对它，要带领我们消灭它，让我们一起结识这样一位校长。"在 2016 年"感动中国"年度人物颁奖典礼现场，伴随着主持人白岩松深情的介绍，临汾红丝带学校校长郭小平的事迹传遍大江南北。

故事要追溯到 2004 年，当时在临汾市第三人民医院担任院长的郭小平看到艾滋病区的几个孩子到了上学年龄却没法上学，便和同事一起办起了"爱心小课堂"。后来，在这里上学的艾滋病患儿越来越多。在社会各界的帮助和支持下，2006 年 9 月 1 日，郭小平建立了红丝带学校，为这些失去了亲人、饱受社会歧视的无辜儿童，重新建起了一个家。在这里，这些孩子可以安心治疗和学习。2011 年，临汾"红丝带学校"正式纳入国民教育序列。

作为国内唯一一所艾滋病患儿学校的校长，郭小平十几年来把全部的爱都放在这些一出生就遭遇不幸的孩子们身上。现在，社会对艾滋病的认知程度在逐渐改善，孩子们和外界交流的机会也比以往更多。郭小平希望，有朝一日，中国不再需要"红丝带"这样的学校。

朗读者 ❦ 访谈

董　卿：郭校长因为平时在学校里有很多的事务要忙，特别是这些孩子比较特殊，离不开他的照顾，所以我们请他上《朗读者》节目，好几次他都拒绝了。

郭小平：是邀请了我好几次。一开始我觉得，我也不善于阅读；也不善于在大的场合下说话，最重要的一点，是因为我不想揭开伤疤，好多伤疤。因为我这学校它是一个特殊的学校，大家可能都知道。孩子们都是感染者，很多孩子是孤儿，大部分孩子没有母亲。

董　卿：怎么就都送到您这儿来了？

郭小平：因为这个学校中国就这么一所，专门为艾滋病感染儿童做的。这个学校做得很早了，董卿老师知道，是十三年前。

董　卿：嗯，十三年前，郭校长其实是郭院长，山西临汾第三人民医院的院长。当时您怎么做出了这样的选择，让自己从郭院长变成了郭校长？

郭小平：因为我当院长期间，在十三年以前，也就是2004年，我有一个专门针对艾滋病感染者的病区。当时我没有药品，没有抗毒药，所以病人一批一批死去，孩子的父亲或者母亲去世了以后，孩子就成了我的病人。看着这些孩子，都六七岁了，老这么跑来跑去，在病区里面折腾，也不是个事儿。于是我就腾出来一个病房，买了四张课桌，找了一块黑板，找了几本书。我说孩子不能不上学。小课堂里面的老师就是医护人员，下了夜班以后，带他们识识数、认认字。

董　卿：但他们特别喜欢这个小课堂。

郭小平：非常喜欢。孩子们总算圆了一个走进课堂的梦吧。

董　卿：您辞去院长的职务是哪一年？

郭小平：我辞了好几次院长。2011年红丝带学校正式审批了以后，我当的红丝带学校校长。

董　卿：这个选择难吗？因为您这个学校，虽然是叫校长，可是是个那么特殊的学校。

郭小平：也有很多的朋友，说你这选择不靠谱。我就跟他们说了一句话：人与人的经历不一样。到今天为止，我觉得我的选择是正确的。在咱们国家，不缺医院院长，也不差一个学校的校长，但是我觉得，红丝带学校这个地方，孩子们差一个我这样的校长。

　　有件事我一直没有跟大家说过，因为我想等着孩子们大学毕业、高中毕业的时候，再告诉他们。我的病区的老病人，都叫我大哥。有一个病人叫俊杰，是车祸输血感染的艾滋病。那年秋天收白菜，当时俊杰已经有一只眼睛看不见了——艾滋病必然会有这个过程——一只眼睛看不见以后，另一只也是很模糊。当时俊杰跟我说：大哥，我估计我没几天了。他当时只有三十来岁。他说：大哥，我们这年龄已经活了几十岁了，死不死无所谓了，反正得了这病了，也没啥活头儿，可这几个娃不能死。

董　卿：是他的一句话让您当时心里有了这样的愿望——要照顾这些孩子。这些孩子跟他也没有任何关系？

郭小平：没有任何关系。他没有孩子。

董　卿：只是觉得孩子太小了。

郭小平：是同病相怜。那时候对艾滋病太恐惧了。

董　卿：您怎么慢慢地转变身份，跟他们交流，去教育他们？

郭小平：这个转变确实挺难的。因为第一我不是老师，我是个医生；而且我也不是搞心理的医生，是个中医科的医生，后来又多年从事院长这个职业。所以突然让我搞学生的工作，而且学生跟其他的孩子还不太一样，心理上、身体上各方面都受过很大很大的伤害，可以说是摧残，教育起来还真不好弄。后来我总结，学校就这么三件事：饭吃好、药吃好、学上好。我在学校充当的，应该不是校长，我觉得我就是这个学校的家长。

董　卿：听说您这十三年，每年的春节都是和孩子们过的，不是跟家里人过的。

郭小平：孩子好多是孤儿。大过年的，家家户户都在挂灯笼、贴对联、放鞭炮，就把这几个人放到那儿我不忍心。（哽咽）我觉得医院既然都不差一个院长，我家里面可能也不差我这个家长，所以我就到学校去转悠。

董　卿：就是在这种特别需要家人的时候，您要陪在他们身边。

郭小平：好多人说你苦吗？我说不苦。并不是面对他们我不苦，你苦得多了你就不苦。大家说你难吗？我说不难，难了你就过不来，过来了就不难了。我跟孩子们在一块儿，心安，虽然有时候辛苦，身体累一点儿，但是我心理上不苦。我在办公室，把食品发给他们吃的那种感觉非常好。包括今天早上，我在这儿吃饭的时候，我看着我一个小女孩儿吃饭，心里边儿舒适。

董　卿：您会跟他们说一些什么样的做人的道理吗？因为您就像他们的爸爸一样。

郭小平：我每年都要带着他们去上坟。这么多孩子，我真不知道他们父母的坟在哪儿。所以我们就在一个十字路口，买点纸钱，买点东西，烧着我也念叨。我说你们去世的爸爸妈妈，你们都在天上看着，你孩子我帮你照顾。但那不是我的孩子，那是你的孩子，我永远只是帮助。真正的亲人是你，我希望你在天上，如果还有灵的话，你保佑孩子，让孩子活着，好好地吃药，将来有时间，等孩子大学毕业以后，如果孩子还来见我，我带着孩子再给你上坟。

董　卿：三十三个孩子，应该有一部分要考大学了吧，因为十三年了。

郭小平：今年十六个考大学的。

董　卿：也相处了十来年了，要是真的今年考大学离开了，您会想他们吗？

郭小平：哪能不想呢？跟我跟了整整十三年。我觉得这社会上好多人不差钱，可能好多人也不差权力，但是我觉得能得到我这种满足的也不多。我现在经常想一件事，鸟大了总要往出飞，但是我希望你好好地飞；如果你飞不动了，有什么问题了，或者受伤了，我还在这儿等着你。

朗读者 读本

如 果

[英] 约瑟夫·拉迪亚德·吉卜林

如果周围的人毫无理性地向你发难,
你仍能镇定自若保持冷静;
如果众人对你心存猜忌,
你仍能自信如常并认为他们的猜忌情有可原;
如果你肯耐心等待不急不躁,
或遭人诽谤却不以牙还牙,
或遭人憎恨却不以恶报恶;
既不装腔作势,
亦不气盛趾高;
如果你有梦想,
而又不为梦主宰;

如果你有神思,
而又不走火入魔;
如果你坦然面对胜利和灾难,
对虚渺的胜负荣辱胸怀旷荡;
如果你能忍受有这样的无赖,
歪曲你的口吐真言蒙骗笨汉,
或看着心血铸就的事业崩溃,

仍能忍辱负重脚踏实地重新攀登；

如果你敢把取得的一切胜利，
为了更崇高的目标孤注一掷，
面临失去，
决心从头再来而绝口不提自己的损失；
如果人们早已离你而去，
你仍能坚守阵地奋力前驱，
身上已一无所有，
唯存意志在高喊"顶住"；
如果你跟平民交谈而不变谦虚之态，
亦或与王侯散步而不露谄媚之颜；
如果敌友都无法对你造成伤害；
如果众人对你信赖有加却不过分依赖；
如果你能惜时如金利用每一分钟不可追回的光阴；
那么，你的修为就会如天地般博大，
并拥有了属于自己的世界，
更重要的是：孩子，你成为了一名真正的男子汉！

(李雪 译)

选自金城出版社《成功的魔法种子》

(本诗由郭小平和红丝带学校的孩子一起朗读)

约瑟夫·拉迪亚德·吉卜林出生在印度，在英国受教育并定居，曾在美国、南非生活过很长时间。他四十二岁获诺贝尔文学奖，是迄今为止最年轻的得主。《如果》写于1895年，1910年初次发表。这是吉卜林写给十二岁的儿子约翰的励志诗，曾被译成多国语言并选入教材。许多人，特别是青少年常以此勉励自己。他的儿子约翰一战期间战死，有传记作者称吉卜林从容居丧，异常淡定。这首诗也是美国摇滚歌星迈克尔·杰克逊的墓志铭。

礼 物
Gift

礼物，多美好的一个词。仰望星空，地球是宇宙给人类的礼物；低头凝望，一花一叶是大自然给世界的礼物；孩子是给父母的礼物；朋友是陪伴的礼物；回忆是时间的礼物。

在这个世界上，有多少种爱的表达，就有多少种礼物。父母无私的爱的养育，经历苦难之后的成长，不断地学习所积累下来的智慧，这都是最好的礼物。就像诺贝尔文学奖获得者切·米沃什在诗歌《礼物》当中所写到的："这是幸福的一天，我漫步在花园，对于这个世界，我已一无所求。"这是诗人馈赠给自己心灵的一份礼物。

在这个主题中，最让我们感动的是清华大学经济管理学院的赵家和教授。虽然他已经在五年前离开了这个世界，但是他所播种下的那颗善的种子，是留给这个世界所有孩子的最好的礼物。用纯净之心，去创造、去发现、去感悟，你便拥有了属于自己的礼物。

礼 物

Gift

Readers

LI YA PENG

李亚鹏 *朗读者*

他曾经是 位青春偶像，如今是一位商人。1998 年，李亚鹏主演《将爱情进行到底》，以一头长发的形象修改了大众对"青春偶像"的定义。荧屏上的李亚鹏既扮演过潇洒不羁的"华山派大弟子"令狐冲、"侠之大者，为国为民"的郭靖，也扮演过乱世风云中崛起于草莽的关中汉子，更演绎过被琐碎生活压得喘不过气来的中年男人。但即便在做演员最风生水起的年月，李亚鹏的内心也从未真正认同演员这个社会角色。最终，他宣布退出娱乐圈，正式投身商海。

然而，李亚鹏人生中最重要的角色还是父亲。2006 年，李亚鹏与王菲的女儿李嫣出生。女儿还未出生时就经 B 超查出患有唇腭裂，李亚鹏也曾焦灼彷徨过、手足失措过，但是他依然把她看作是上天给他最好的礼物。为保护女儿不受媒体伤害，他像草原上警惕的狮子，时刻绷紧一根弦；为培养女儿的意志力，他带她去爬山；为了让更多和女儿一样的孩子得到救治，他成立嫣然天使基金会。他以清醒的态度面对自己，努力在人生不同的阶段保持着方向感和分寸感。

朗读者 ❈ 访谈

董　卿：好久不见。你可能都不记得我们俩第一次见面在什么时候了，1998 年。

李亚鹏：在上海。

董　卿：是你正当红的时候。

李亚鹏：好吧。

董　卿：为什么印象那么深刻？是因为那是你最红的时候，但是你是一个人来的，没有带任何的助理、造型师、团队、保镖。一个人背着一个双肩包就来了，然后录完了，一个人背着双肩包就走了，在电梯里跟我们挥手。电梯门合上的时候，我们导演说啊，他怎么这么低调！

李亚鹏：每个人的性格吧。我现在出差也是自己一个人，拎个行李就走了。

董　卿：转眼二十年了，有很多事已经被改变了，比如说你已经成为了一个父亲。

李亚鹏：对。我女儿的到来是我的人生当中，最大的一次变化。这是前两天情人节，她送我的礼物。是她手工做的巧克力，我已经吃了四颗，剩下两颗借花献佛。这个是她今年给我的生日卡片，上面用英文写着：一天一天过去了，你还在抽烟。每一次抽烟其实你都在伤害你的身体。这是你四十五岁的生日，我不会再跟你说第二次了。然后还说：我爱你，我永远爱你。但是如果你能够不抽烟的话，我想我会爱你更多一点。Sorry，李嫣，爸爸将来有一天一定会做到的。

董　卿：将来是什么时候？

李亚鹏：在不远的将来。因为对孩子不敢轻易承诺。

董　卿：你一直说李嫣是上天给你的最好的礼物。那反过来呢？你会为她做些什么？

李亚鹏：在她出生的时候，其实给我们还是带来了一种无常感吧。大概煎熬了几个月以后，我就在我的日记上写了一句话，我说："上帝给了你一个伤痕，我要让这伤痕成为你的荣耀。"那个时候我就决定要成立嫣然天使基金会。我们希望能够让她长大以后成为一个更自信的孩子。出于更多的关爱，所以在她的教育上，我确实投入了更多的时间。比如说，我们做一年二十四节气的观测，选择了在十三陵水库边上，找一个固定的地点。每一个节气都会在那儿待一整天去做科学观测，去量水温、气温、空气的湿度，然后去看比如说惊蛰动物的苏醒，会做标本等等。一年二十四次，坚持了七年，一百六十多次，风雨无阻。

董　卿：你是始终陪在她身边的？

李亚鹏：陪得最多的是我母亲，大概百分之百。第二多的是嫣儿的母亲，大概百分之九十。第三是我，因为我经常出差，我应该有百分之八十。

董　卿：这个很有意思，像是一个家庭的集体活动。你觉得你对女儿的教育是不是已经比你的家长对你的教育优化了？

李亚鹏：我想肯定的。

董　卿：但有什么东西是冥冥当中仿佛在轮回和复刻的，比如说有什么是你父亲对你说的话，你会不自觉地对你的孩子说。

李亚鹏：他送过我几句话，比如"人不可有傲气，但不可无傲骨"，这是徐悲鸿的一句话。我父亲十四岁就离开了河南。后来我爷爷和奶奶都过世了，那个时候从乌鲁木齐到河南，坐火车要坐三天，而且对一个普通家庭来说是不小的开支。可是我们家几乎存到一点钱就都花在了铁路上。我经常会跟着他回家去祭祖。每一次，当快要走到我爷爷奶奶坟前的时候，他就突然不说话，整个的神情也会变得凝重下来。然后经常，他会转过头来看我，在我这儿停顿一下，也不会说什么，然后就去做他该做的事情。那样回头的一眼，在我心里的印象是非常深刻的。我父亲去世以后，我自己成了这个家这一代的男主人的时候，我去给他上坟和祭祖的时候，我开始意识到，那是一种期盼，也是一种告知。教育有时候就是来自于言传身教。

董　卿：其实在教育孩子的过程当中，是不是也完成了一种自我救赎和成长的过程？

李亚鹏：必须的。这是我们人生第二次得到教育的机会，我觉得每一个父母应该抓住这个机会。

董　卿：所以才有那句话，孩子是给父母的一个礼物。

李亚鹏：嗯。我十年前曾写过一封信叫《致女儿》。

致女儿

　　出差归来夜已深，嫣儿和母亲都已入睡，我蹑手蹑脚摸黑走到床前，慢慢地俯下身，凑上去想亲嫣儿一下。她突然一个转身，小手"啪"地搭在了我的脸颊上，我便被施了魔法似的定住了。嫣儿小时候我每次抱她，总是想让她的小手搂着我的脖子，可她总是不肯，她的两只小手要指挥着我的方向，要指着她感兴趣的东西，一刻也不肯停闲。现在好了，我终于如愿以偿，感受着小手的温度，享受着这份她对我的依恋，生怕动一下会让她的小手离我而去。眼睛逐渐适应了周围的黑暗，借着床头加湿器上橘红色指示灯的微弱光线，慢慢地能看见她的轮廓，渐渐地能听见她的呼吸，一天的疲惫瞬间不再，难得的一刻清静。

　　我这些年相当一部分时间在为基金会和医院忙碌着，以至于友人问我，怎么，真是改行做慈善了？我也只能笑笑。其实无论从我的财富积累还是从我的人生阶段来讲，我都还没有到那一步，但是一切只是因为我的女儿来到了我的身边。

　　在美国陪她做手术的时候，我曾经写下了一句话："上帝给了你一个伤痕，我要让这伤痕成为你的荣耀。"随后我就成立了嫣然天使基金会。也有朋友问我,李嫣长大了会不会让她来基金会工作?我说这是我面对我人生问题时所做的选择,并无意强加于她,当然,我会非常乐意看到她的加入,但我更乐意看到的是,在她的人生路途中,她敢于接受和面对生活给予她的一切,无论是成功还是失败,无论是鲜花或是鸡蛋。嫣儿,我希望你长大了可以成为这样的人。

十年间,嫣然天使基金已经为一万一千多个儿童实施了全额免费手术。在和这些贫困家庭的接触和交谈中,我感受到了他们对这个社会的宽容和感恩。他们承受着某些不公平却并没有去抱怨,而当他们得到一点点帮助的时候,他们的身体是颤抖的,他们的眼睛是湿润的,他们会给你深鞠一躬,甚至屈膝下跪,因为他们并不善感激的言辞,他们有着人类最原始的韧性和最纯朴的情感。嫣儿,我希望你长大了可以成为这样的人。

你带着上帝给予你的伤痕,出生在这样一个家庭,父母和家人为了你的健康成长,殚精竭虑、百般呵护,但是万万没想到,你用几段小小的视频,自信的笑容,以你自己特有的方式,向世界宣告了你的存在,把快乐带给所有的人。甚至连我心里最后的一丝不安也完全消失了。你有得,你有失,嫣儿,我希望你长大了可以成为独一无二的你自己。

每一年新年都会带你登高爬山,你五岁那年一口气爬了七个半小时,十四公里的山路,全部是独立完成。我跟在你的后面,心里会纠结着是不是在你背包里放的东西太多了……有时候想,我要对你好一点,有时候又想是不是也不能太好了,不然长大了以后,万一你碰不到像我如此对你的人,你会不会因为感觉不到别人的爱而降低了生活的幸福感。可我又想,如果我不给你足够的爱，你长人了又怎么有能力去爱你喜欢的人和这个我们存在的世界？我是不是像所有的父亲一样，想多了……

　　她睡得如此香甜，是否知道这个自作多情的父亲对她有如此多的希望呢？望着嫣儿被加湿器指示灯笼上了一层橘红色光芒的脸庞，感受着她的小手的温度，享受着她对我的依恋，我也慢慢地合上眼睛进入了属于我们的甜美的梦乡。

董　卿：谢谢！其实我觉得这封信是用十年的时间完成的，从她还小的时候一直到现在。

李亚鹏：对。

董　卿：我还有一个小小的提议，因为刚才在谈话当中，又说到了你的父亲，所以我建议亚鹏是不是可以再准备一段读本献给你的父亲。

李亚鹏：其实我们做准备的时候，选的是朱自清的《背影》。因为我父亲跟我人生中的最后一面也是在火车站。1999年年底，他来北京看我，之后我送他去车站，他要回乌鲁木齐。正常的告别以后，我突然不知道为什么，掉过头就往回跑，又重新买了站台票。我冲进去，火车居然还没有开，我跟我父亲说：爸，不好意思，这次来我没好好接待你。那时候我也很年轻，才二十多岁。我爸说你说什么呢，赶紧下去吧，火车要开了。然后我就下去了，一个礼拜以后他就去世了，心脏病。所以，就读这一篇吧，朱自清的《背影》。

背 影

朱自清

我与父亲不相见已二年余了,我最不能忘记的是他的背影。那年冬天,祖母死了,父亲的差使也交卸了,正是祸不单行的日子,我从北京到徐州,打算跟着父亲奔丧回家。到徐州见着父亲,看见满院狼藉的东西,又想起祖母,不禁簌簌地流下眼泪。父亲说,"事已如此,不必难过,好在天无绝人之路!"

回家变卖典质,父亲还了亏空;又借钱办了丧事。这些日子,家中光景很是惨淡,一半为了丧事,一半为了父亲赋闲。丧事完毕,父亲要到南京谋事,我也要回北京念书,我们便同行。

到南京时,有朋友约去游逛,勾留了一日;第二日上午便须渡江到浦口,下午上车北去。父亲因为事忙,本已说定不送我,叫旅馆里一个熟识的茶房陪我同去。他再三嘱咐茶房,甚是仔细。但他终于不放心,怕茶房不妥帖;颇踌躇了一会。其实我那年已二十岁,北京已来往过两三次,是没有甚么要紧的了。他踌躇了一会,终于决定还是自己送我去。我两三回劝他不必去;他只说,"不要紧,他们去不好!"

我们过了江,进了车站。我买票,他忙着照看行李。行李太多了,得向脚夫行些小费,才可过去。他便又忙着和他们讲价钱。我那时真是聪明过分,总觉他说话不大漂亮,非自己插嘴不可。但他终于讲定了价钱;就送我上车。他给我拣定了靠车门的一张椅子;我将他给我做的紫毛大衣铺好坐位。他嘱我路上小心,夜里警醒些,不要受凉。

又嘱托茶房好好照应我。我心里暗笑他的迂,他们只认得钱,托他们真是白托!而且我这样大年纪的人,难道还不能料理自己么?唉,我现在想想,那时真是太聪明了!

我说道,"爸爸,你走吧。"他望车外看了看,说,"我买几个橘子去。你就在此地,不要走动。"我看那边月台的栅栏外有几个卖东西的等着顾客。走到那边月台,须穿过铁道,须跳下去又爬上去。父亲是一个胖子,走过去自然要费事些。我本来要去的,他不肯,只好让他去。我看见他戴着黑布小帽,穿着黑布大马褂,深青布棉袍,蹒跚地走到铁道边,慢慢探身下去,尚不大难。可是他穿过铁道,要爬上那边月台,就不容易了。他用两手攀着上面,两脚再向上缩;他肥胖的身子向左微倾,显出努力的样子。这时我看见他的背影,我的泪很快地流下来了。我赶紧拭干了泪,怕他看见,也怕别人看见。我再向外看时,他已抱了朱红的橘子望回走了。过铁道时,他先将橘子散放在地上,自己慢慢爬下,再抱起橘子走。到这边时,我赶紧去搀他。他和我走到车上,将橘子一股脑儿放在我的皮大衣上。于是扑扑衣上的泥土,心里很轻松似的,过一会说,"我走了;到那边来信!"我望着他走出去。他走了几步,回过头看见我,说,"进去吧,里边没人。"等他的背影混入来来往往的人里,再找不着了,我便进来坐下,我的眼泪又来了。

近几年来,父亲和我都是东奔西走,家中光景是一日不如一日。他少年出外谋生,独力支持,做了许多大事。那知老境却如此颓唐!他触目伤怀,自然情不能自已。情郁于中,自然要发之于外;家庭琐屑便往往触他之怒。他待我渐渐不同往日。但最近两年的不见,他终于忘却我的不好,只是惦记着我,惦记着我的儿子。我北来后,他写了一信给我,信中说道,"我身体平安,惟膀子疼痛利害,举箸提笔,诸多不便,大约大去之期不远矣。"我读到此处,在晶莹的泪光中,又看见那肥胖的,青布棉袍,黑布马褂的背影。唉!我不知何时再能与他相见!

选自人民文学出版社《朱自清散文》

  朱自清的父亲在晚年的时候是比较落魄的。作为儿子的朱自清看着父亲的状态,想到他一生的苍凉,有一种无奈的感叹。通过一次分别、一个背影,朱自清找到了中国人特有的表达父子之情的角度和方式。朱自清谈到自己写作《背影》的原因时说,就是因为读到文中引述的父亲来信,让他泪如泉涌,想起许多往事,想起父亲作为一个中国旧文人的种种经历,想起父子间因观念新旧而起的冲突,更想起隐藏的天性之爱。《背影》是朱自清的经典名篇,也体现了朱自清一贯的在幽微之中见远大的写作风格。

中国人民大学文学院院长　孙郁

H U
W E I
W E I

胡玮炜　朗读者

从 2015 年开始，在北京、上海、广州、武汉、福州、厦门等二十多个城市逐渐出现了一种新的交通工具——摩拜共享单车。只需拿出手机，扫码解锁，便可以轻松骑走一辆单车。它是一个高效、简单、有趣的工具，在带给我们便捷的同时，也在改变着我们的生活方式。

胡玮炜，这个"80 后"的年轻姑娘，是摩拜单车的创始人。她本是一位新闻记者，毕业后跑了十年汽车新闻，一次偶然的契机被她抓住，才做起了这个起初不被人看好的创业项目。她不是技术出身，被周围人定性为"文艺女青年"，但她坚持不懈地找到了许多似乎不可能的技术方案，从第一辆摩拜单车到各大城市的大街小巷都排列着共享单车，她只花了一年半时间。

"失败了就当是做公益。"这是胡玮炜的名言。现在，她的项目更像全民城市运动，真正改变了城市生活。

朗读者 ❋ 访谈

董　卿：其实玮炜所学的专业是新闻专业，跟我是同行，但是怎么会有了这样一个和自行车有关的创业念头？

胡玮炜：在过去十年，我在汽车行业做记者，所以我一直在关注出行，思考未来的出行。我自己是有自行车情结的，我想要一辆随时随地可以骑的自行车。我认为一个城市如果适合自行车骑行的话，那这个城市的幸福指数一定非常高。

董　卿：很多中国人都是有自行车情结的。你先用一句话来定义摩拜单车好吗？

胡玮炜：它不仅仅是一辆自行车，它是解决零到五公里出行的新物种。

董　卿：这个创意其实很大胆，有多少人支持，有多少人反对？

胡玮炜：开始的时候，其实绝大部分人觉得这不太可能，因为会丢光。但是也有一部分人是非常支持的，也加入了我们这个团队。

董　卿：现在被偷、被损坏的情况严重吗？

胡玮炜：应该还好吧。刚开始的时候我一个晚上都睡不着，不知道车会在哪里。但是，一段时间过去以后，可能这些想要破坏、想要偷的人，就会知道后果还是相对比较严重的。

董　卿：后果是什么呢？

胡玮炜：因为我们的智能设备是可以定位到你的车去哪里了，所以如果你偷走的话，警察很快会破案。

董　卿：每一辆单车上面都是有GPS定位的。

胡玮炜：对。

董　卿：在哪里？（观众笑）

胡玮炜：还是不要说了。

董　卿：有被损坏、被偷窃的情况存在，但是同时也有人在保护、在维护它。

胡玮炜：对。我们在最初设计产品的时候就设计了信用机制。最初投放的时候，我们发现有一个人不停地给我留言说：今天我维护了二十辆车的秩序，从它不应该停放的位置搬到了应该停放的位置，请你把这一块钱还给我。后来我们就联系上了这位"摩拜客"，他叫庄骥。他说其实我就是城市里面的"黄金猎人"，要维护城市的正义感和秩序。后来他们成立了一个猎人组织，专门在城市里面维护摩拜单车的秩序。

董　卿：我们现在所在的这个录影棚是在北京南六环外了，可是今天我居然看到有一辆摩拜，孤零零地停在那儿。从你的创意产生到最终第一辆摩拜单车出现在城市当中，花了多长时间？

胡玮炜：十个月吧。

董　卿：很顺利啊。我们这个节目都酝酿了一年呢。现在北京、上海各个城市大概有多少辆？

胡玮炜：北京和上海都已经超过了十万辆。从一个很小的聚集点最后扩散到整个城市。第一次看到用自行车点亮了这座城市，还是非常非常激动的。

董　卿：我这儿有一个数据是说，胡玮炜用两年的时间实现了零到一百亿的突破；而且因为摩拜单车的出现，现在自行车年产达千万辆，带动了传统制造业的升级。一个年轻的姑娘做了一件很了不起的事情。

胡玮炜：对我来说，想得更多的是，我们到底创造了什么样的社会价值。有了社会价值，我们才会有商业价值。

董　卿：那你觉得创造了什么？

胡玮炜：创造了一种新的生活方式，一种能够让每个人都能用的出行方式。我觉得，摩拜单车是给这个城市的一个礼物。在做这件事情的过程中，每一位爱摩拜单车的人又给了我很大的勇气和坚持下去的信心，所以我觉得他们也给了我很大的礼物。今天我要读的是苏童的《自行车之歌》，送给庄骥，送给更多的摩拜客。

朗读者 ❋ 读本

自行车之歌

苏童

一条宽阔的缺乏风景的街道，除了偶尔经过的公共汽车、东风牌或解放牌卡车，小汽车非常罕见，繁忙的交通主要体现在自行车的两个轮子上。许多自行车轮子上的镀光已经剥落，露出锈迹，许多穿着灰色、蓝色和军绿色服装的人骑着自行车在街道两侧川流不息，这是一部西方电影对七十年代北京的描述——多么笨拙却又准确的描述。所有人都知道，看到自行车的海洋就看到了中国。

电影镜头遗漏的细节描写现在由我来补充。那些自行车大多是黑色的，车型为二十八吋或者二十六吋，后者通常被称为女车，但女车其实也很男性化，造型与男车同样地显得憨厚而坚固。偶尔地会出现几辆红色和蓝色的跑车，它们的刹车线不是裸露垂直的钢丝，而是一种被化纤材料修饰过的交叉线，在自行车龙头前形成时髦的标志——就像如今中央电视台的台标。彩色自行车的主人往往是一些不同寻常的年轻人，家中或许有钱，或许有权。这样的自行车经过某些年轻人的面前时，有时会遇到刻意的阻拦。拦车人用意不一，有的只是出于嫉妒，故意给你制造一点麻烦；有的年轻人则很离谱，他们胁迫主人下车，然后争先恐后地跨上去，借别人的车在街道上风光了一回。

我们现在要说的是普通的黑色的随处可见的自行车，它们主要由三个品牌组成：永久、凤凰和飞鸽。飞鸽是天津自行车厂的产品，在南方一带比较少见。我们那里的普通家庭所梦想的是一辆上海产的永久或者凤凰牌自行车，已经有一辆永久的人家毫不掩饰地告诉别人，他还想搞一辆凤凰；已经有一辆男车的人家很贪心地找到在商场工作的亲戚，问能不能再弄到一辆二十六吋的女车。然而在一个物质匮乏的时代，这样的要求就像你现在去向人家借钱炒股票，只能引起对方的反感。

有些刚刚得到自行车的愣头青在街上"飙"车，为的是炫耀他的车和车技。看到这些家伙风驰电掣般地掠过狭窄的街道，泼辣的妇女们会在后面骂："去充军啊！"骑车的听不见，他们就像如今的赛车手在环形赛道上那样享受着高速的快乐。也有骑车骑得太慢的人，同样惹人侧目。我一直忘不了一个穿旧军装骑车的中年男人，也许因为过于爱惜他的新车，也许是车技不好，他骑车的姿势看上去很怪，歪着身子，头部几乎要趴在自行车龙头上，他大概想不到有好多人在看他骑车。不巧的是，这个人总是在黄昏经过我们街道，孩子们都在街上无事生非。不知为什么，那个人骑车的姿势引起了孩子们一致的反感，孩子们认为他骑车姿势像一只乌龟。有一天，我们突然冲着他大叫起来："乌龟！乌龟！"我记得他回过头向我们看了一眼，没有理睬我们。但是这样的态度并不能改变我们对这个骑车人莫名的厌恶。第二天，我们等在街头，当他准时从我们的地盘经过时，昨天的声音更响亮、更整齐地追逐着他："乌龟！乌龟！"那个无辜的人终于愤怒了，我记得他跳下了车，双目怒睁向我们跑来，大家纷纷向自己家逃散。我当然也是逃，但我跑进自家大门时向他望了一眼，正好看见他突然站住，回头张望。很明显，他对倚在墙边的自行车放心不下。我忘不了他站在街中央时的犹豫，最后他转过身跑向他的自行车。这个可怜的男人，为了保卫自行车，承受了一群孩子无端的侮辱。

我父亲的那辆自行车是六十年代出产的永久牌。从我记事到八十年代离家求学,我父亲一直骑着它早出晚归。星期天的早晨,我总是能看见父亲在院子里用纱线擦拭他的自行车。现在,我以感恩的心情想起了那辆自行车,因为它曾经维系着我的生命。童年多病,许多早晨和黄昏我坐在父亲的自行车上来往于家和医院的路上。曾有一次,我父亲用自行车带着我骑了二十里路,去乡村寻找一个握有家传秘方的赤脚医生。我难以忘记这二十里路,大约有十里路是苏州城内的那种石子路、青石板路(那时候的水泥沥青路段只是在交通要道装扮市容),另外十里路就是乡村地带海浪般起伏的泥路了。我像一只小舢板一样在父亲身后颠簸,而我父亲就像一个熟悉水情的水手,尽量让自行车的航行保持着通畅。就像对自己的车技非常自信一样,他对我坐车的能力也表示了充分的信任,他说:"没事,没事,你坐稳些,我们马上就到啦!"

　　多少中国人对父亲的自行车怀有异样的亲情,多少孩子在星期天骑上父亲的自行车偷偷地出了门。去干什么?不干什么,就是去骑车!我记得我第一次骑车在苏州城漫游的经历。我去了市中心的小广场,小广场四周有三家电影院,一家商场。我在三家电影院的橱窗前看海报,同一部样板戏,画的都是女英雄柯湘,但有的柯湘是圆脸,有的柯湘却画成了个马脸,这让我很快对电影海报的制作水平做出了判断。然后我进商场去转了一圈,空荡荡的货架没有引起我的任何兴趣。等我从商场出来,突然感到十分恐慌,巨大的恐慌感恰好就是自行车给我带来的:我发现广场空地上早已成为一片自行车的海洋,起码有几千辆自行车摆放在一起,黑压压的一片,每辆自行车看上去都像我们家的那一辆。我记住了它摆放的位置,但车辆管理员总是在擅自搬动车子,我拿着钥匙在自行车堆里走过来走过去,头脑中一片晕眩,我在惊慌中感受了当时中国自行车业的切肤之痛：设计雷同，不仅车的色泽和款式相同，甚至连车锁都是一模一样的！我找不到我的自行车了，我的钥匙能够捅进好多自行车的车锁眼里，但最后却不能把锁打开。车辆管理员在一边制止我盲目的行为，她一直在向我嚷嚷："是哪一辆？你看好了再开！"可我恰恰失去了分辨能力，这不怪我，令人不可思议的事情总是发生在自行车身上。我觉得许多半新不旧的永久牌自行车的坐垫和书包架上，都散发出我父亲和我自己身上的气息，这怎能不让我感到迷惑？

自行车的故事总与找不到自行车有关，不怪车辆管理员们，只怪自行车太多了。相信许多与我遭遇相仿的孩子都在问他们的父母："自行车那么难买，为什么外面还有那么多的自行车？"这个问题大概是容易解答的，只是答案与自行车无关。答案是：中国，人太多了。

到了七十年代末期，一种常州产的金狮牌自行车涌入了市场。人们评价说金狮自行车质量不如上海的永久和凤凰，但不管怎么说，新的自行车终于出现了。购买金狮需要购车券，打上"金狮一辆"记号的购车券同样也很难觅。我有个邻居，女儿的对象是自行车商场的，那份职业使所有的街坊邻居感兴趣，他们普遍羡慕那个姑娘的婚姻前景，并试探着打听未来女婿给未来岳父母带了什么礼物。那个将做岳父的也很坦率，当场从口袋里掏出一张盖着蓝印的纸券，说："没带什么，就是金狮一辆！"

自行车高贵的岁月仍然在延续，不过应了一句革命格言："排除万难，去争取胜利。"我们街上的许多人家后来品尝了自行车的胜利，至少拥有了一辆金狮，而我父亲在多年的公务员生涯中利用了一切能利用的关系，给我们家的院子推进了第三辆自行车——他不要金狮，主要是缘于对新产品天生的怀疑，他迷信永久和凤凰，情愿为此付出多倍的努力。

　　第三辆车是我父亲替我买的，那是1980年我中学毕业的前夕，他们说假如我考不上大学，这车就给我上班用。但我考上了。我父母又说，车放在家里，等我大学毕业了，回家工作后再用。后来我大学毕业了，却没有回家乡工作。于是我父母脸上流露出一种失望的表情，说，那就只好把车托运到南京去了，反正还是给我用。

　　一个闷热的初秋下午，我从南京西站的货仓里找到了从苏州托运来的那辆自行车。车子的三角杠都用布条细致地包缠着，是为了避免装卸工的野蛮装卸弄坏了车子。我摸了一下轮胎，轮胎鼓鼓的，托运之前一定刚刚打了气，这么周到而细致的事情一定是我父母合作的结晶。我骑上我的第一辆自行车离开了车站的货仓，初秋的阳光洒在南京的马路上，仍然热辣辣的，我的心也是热的，因为我知道从这一天起，生活将有所改变，我有了自行车，就像听到了奔向新生活的发令枪，我必须出发了。

　　那辆自行车我用了五年，是一辆黑色的二十六吋的凤凰牌自行车，与我父亲的那辆永久何其相似。自行车国度的父母，总是为他们的孩子挑选一辆结实耐用的自行车，他们以为它会陪伴孩子们的大半个人生。但现实既令人感伤又使人欣喜，五年以后我的自行车被一个偷车人骑走了。我几乎是怀着一种卸却负担的轻松心情，跑到自行车商店里，挑选了一辆当时流行的十速跑车，是蓝色的，是我孩提时代无法想象的一辆漂亮的威风凛凛的自行车。

　　这世界变化快——包括我们的自行车，我们的人生。许多年以后我仍然喜欢骑着自行车出门，我仍然喜欢打量年轻人的如同时装般新颖美丽的自行车，有时我能从车流中发现一辆老永久或者老凤凰，它们就像老人的写满沧桑的脸，让我想起一些行将失传的自行车的故事。

我曾经跟在这么一辆老凤凰后面骑了很长时间，车的主人是一个五十来岁的男人，他的身边是一个同样骑车的背书包的女孩，女孩骑的是一辆目前非常流行的捷安特，是橘红色的山地车，很明显那是父女俩。我也赶路，没有留心那父女俩一路上说了些什么，但我要告诉大家的是，两辆自行车在并驾齐驱的时候一定也在交谈，两辆自行车会说些什么呢？其实大家都能猜到，是一种非常简单的交流——

黑色的老凤凰说："你走慢一点，想想过去！"

橘红色的捷安特却说："你走快一点，想想未来！"

选自人民文学出版社《我们小时候：自行车之歌》

张艺谋的电影《大红灯笼高高挂》改编自苏童的小说《妻妾成群》，作为当年先锋小说创作潮流中的青年才俊，苏童创作了一系列历史小说和成长小说。成长小说大多与他的故乡有关。苏童写故乡的文字，总是自然流淌着江南的气韵，既写实又清新。这篇《自行车之歌》有点不一样，江南的味道褪去了一些，"中国"的味道浓厚了很多。借着自行车和一家人、几代人的关系，写出了中国人的"自行车情结"，也从一个侧面记录了中华人民共和国成立以来的历史。普通人总是历史的见证人，普通事物身上也总保留着时代的痕迹，每当一个新的契机出现，这些痕迹背后的历史和情感就会被重新点燃，勾起一代人共同的记忆。

N I

PING

倪萍 朗读者

1990年，倪萍担当《综艺大观》的主持人，真正踏上主持之路。从1991年开始，倪萍先后主持了十三届春晚。朱军形容倪萍是春晚舞台的"定海神针"。当年，她平民化的语言、清新自然的主持风格和邻家小妹般的招牌式笑容，曾创造过"万人空巷看倪萍"的盛况，也让一代电视观众牢牢记住了倪萍的名字。

2004年，倪萍淡出春晚舞台，开始演电影、写书、画画，活得大气自然，也幽默得让人惊讶。然而这一切的背后，是她作为一个母亲的艰辛历程。她在散文集《日子》中说的："转眼间，许多记忆已成从前，昨天的生活也为我的过去画上了一个逗号，带我走进了更深层的思考与探寻，生活使我顿悟，生命不曾圆满。"而"日子"表达了"我的生活态度，我渴望生命不愧对这两个字"。

朗读者 ❦ 访谈

董　卿：接下来要上场的这位朗读者，对于我来讲有着特殊的意义，因为她是中国电视主持人的前辈，曾经我也像你们坐在这里看着我一样，我坐在电视机前，认认真真地、安安静静地看着她。她眼睛里所闪烁出来的光芒，嘴角所绽放的笑容，那最朴素又最动人的语言，那最善良又最真诚的泪水，深深地打动了我。我想这一切也是留给几代中国电视观众的最美好的记忆。让我们掌声欢迎朗读者倪萍。

倪　萍：董卿，辛苦了。你那个《中国诗词大会》和现在的《朗读者》都做得非常好，太好了！我知道一定不是刻意准备出来的，天下没有这样的天才，可以为这样的节目做准备。人家说你是努力地转身，我说叫"合适的选择"。

董　卿：谢谢！我刚才还跟同事说，我们节目开播，谁都没给我准备一束花，还是您想到了。其实，倪萍姐，很多观众都没法想象，咱们俩从来没有同台主持过节目。

倪　萍：没有，我真的是前辈。有人说我是急流勇退。其实不是。我很明白，离开并不是真正意义上的离开。我们做主持人的，拿着话筒，其实就像我们小时候骑自行车一样，学了这个本事，什么时候想起来再蹬两步就又会了。

董　卿：倪萍姐主持了十三届春晚，给我们留下了太多美好的记忆。但其实这当中有一年的春晚，对您来说是不同寻常的。

倪　萍：1999年吧。

董　卿：我们一起来看一看那年春晚的视频。（放视频）

倪　萍：那时候刚生完孩子两个多月。

董　卿：在看上去依然那么欢乐、喜庆、吉祥的表象背后，我想当时您的心情其实是非常痛苦，甚至是很煎熬的。

倪　萍：实际上，刘铁民他们去我家里找我的时候，我说，我真的不能保证我在台上能笑出来，你看我儿子生病了。说着我眼泪就往下掉。

董　卿：在得知孩子生病的消息到主持那年的春晚，这当中大概是多长时间？

倪　萍：我儿子是11月26日生的，两个月吧。婴儿一个多月到医院检查嘛，发现眼睛有问题。然后当时就要在北京治疗，我刚好有一张签证去美国演出，我说我带他去美国看看。这时刘铁民他们说，你做完春晚再走吧。我反复跟自己说，观众陪我十几年，我一直像个战士一样表现得很好，在战场上我没有输过，我不能说因为我个人的事情，让观众看到我脸上有泪痕。

董 卿：当时得到的诊断孩子是什么病？

倪 萍：他就是眼睛容易生成一种膜，挡住视线。那时候我天天想，一个人要看不见了，活着还有意义吗？

董 卿：2004年的时候离开了主持人这个岗位，那个时候的离开跟儿子的病有关联吗？

倪 萍：当然。那个时候就急于要挣钱。我们欠了好多钱，我都想卖房子，可是卖了房子住在哪儿啊？我哥坚决不让我卖。我哥说，我从朋友那儿能给你借到钱，你先住着。我就想自己去挣点钱，然后我就真正意义上地离开了，去拍电影。

董 卿：这十年对你来说真的是太不容易了。给孩子看病太不容易，最重要的是，精神上也是一种煎熬。

倪 萍：每次到医院就跟上刑场似的。比如说明天要检查了，早上四点多要走，我这一宿，基本上合不上眼。因为路上四个小时特别困，我就大声唱，你知道我唱歌多难听。然后下了车我背着我儿子，我们再上七楼。我们那个科在七楼。我儿子在里边做检查我眼睛就没离开过，就站在那儿。我就怕大夫出来（招手），因为，我们同去检查的一个日本孩子，就有一次被医生招手叫去，出来他妈妈就昏过去了，孩子没救了。我的眼睛看着，腿都发抖，一直到他老远这样（比 OK 手势），我基本就瘫了。

董 卿：那个十年仿佛是一种历练或者说上天给你的一种考验。

倪 萍：这十年我几乎没有把心思放在工作上（哭），全是儿子。就是回来国内演出，挣点钱，因为要交医疗费。但是我很幸福。因为，我发现姥姥说的话特别对：你自己不倒，别人推都推不倒；你自己不想站起来，别人扶也扶不起。于是我就坚强地站着。

董　卿：所以我们看到2004年离开主持人这个岗位，到2014年，您又出现在了《等着我》这档节目当中，又一次拿起了话筒，坐在了主持人这个位置上。这次的回归是不是跟以往又不一样了？

倪　萍：国飞找我的时候我说千万别找我，我现在，好家伙，连衣服都系不上扣儿了，哪能上电视？现在很多观众指责我，说你现在太老了，太难看了，太不收拾了。你看我里边穿的裙子，好家伙，全都扯着三角呢。家里几屋子的衣服，我就是懒得换。我现在兴趣不在那儿，我在画画、拍电影。真正要录的前一天，我和小倩说，赶紧给国飞打电话，我不做了。

董　卿：那最后又是什么说服了你？还是你自己说服了自己？

倪　萍：没有。小倩说不能这样，人不能说话不算数，人家都筹备好了，景也搭起来了。我确实也觉得，作为一个老员工，台里需要，不能不配合。我跟他们说我就做几期，你们赶紧找人。

董　卿：当化了妆、换上服装，再走上舞台，观众鼓掌看着，您有一些恍惚的感觉吗？

倪　萍：没有。一点都没有。我就说我是天生的主持人的料。只是我的调儿——你看我上春晚，跟踩了鸡脖子似的——而《等着我》，我心特别平静，语言也特别平和。

董　卿：但是有一点我注意到了。我在电视机前看《等着我》的时候，看得眼泪哗哗的，但是你没有，镜头里你显得特别平静。

倪　萍：我哭的镜头让他们剪掉了。

董　卿：为什么？

倪　萍：不是怕他们说煽情，有情就煽；而是有太多太多哭的时候了。

董　卿：您得到过很多很多的赞美，但是您也听到过很多的非议或者说诋毁。

倪　萍：从进台那一天起，从我出名那一天起，就有人骂我。刚开始很在意，为什么骂我？我怎么了？现在非常不在意。其实观众就是一种不满意。比如说现在骂我的是什么？你那么难看、那么胖上电视。我都特别能理解。我也表示了，我要努力地使自己瘦下来、年轻起来，然后漂亮起来，也确实在努力，但它效果不大啊。（观众笑）

董　卿：这么多年来，你觉得最宝贵的评价是什么？

倪　萍：说我真实，这就还原了我。我确实很真实。生活中，我在我家人面前，我都特别真实。

董　卿：从1990年进中央电视台，到现在有……

倪　萍：快二十年。

董　卿：是啊！我刚才一说，"有请下一位朗读者倪萍"的时候，就听到观众自发地"哇"一声，有一种感叹在心中。

倪　萍：说这老太太又来了。（观众笑，鼓掌）

董　卿：今天您的朗读要献给谁呢？

倪　萍：这么多年观众一直陪着我，我一直不知道拿什么样的礼物给他们。观众一直这么耐心，无论我多么好，无论我多么差，都没有嫌弃我。所以我今天选了《姥姥语录》里边其中的一段献给一直陪着我变老的观众朋友。

董　卿：其实当一个人真的要离开这个世界的时候是什么也带不走的，唯一能带走的就是心底存下来的那些记忆。倪萍姐把自己最美好的青春年华献给了这方舞台，也为我们留下了这辈子抹不去的一份记忆，谢谢！

朗读者 ❧ 读本

姥姥语录（节选）

倪萍

我生孩子的喜悦姥姥是第一个知道的。

孩子有病的消息姥姥是最后一个知道的。

不想让九十岁的姥姥再替我分担这份苦难了，尽管我自己无论如何是支撑不了的。

夜里躺在床上睡了，眼睛闭着，脑子醒着，灵魂站着，想着姥姥说的话："天黑了快睡，天亮了快起。"

姥姥把人类不可避免的灾难称之为"天黑了"。

"孩子，你再大的本事也挡不住天黑。毛主席的本事大吧？儿子在朝鲜战场上死了，老头儿不也是没法儿？一根烟接着一根烟地抽，等着天亮。"

姥姥从前就说过："天黑了就是遇上挡不住的大难了，你就得认命。认命不是撂下（放弃），是咬着牙挺着，挺到天亮。天亮就是给你希望了，你就赶紧起来去往前走，有多大的劲儿往前走多远，老天会帮你。别在黑夜里耗着，把神儿都耗尽了，天亮就没劲儿了。孩子，你记着，好事来了它预先还打个招呼，不好的事'咣当'一下就砸你头上了，从来不会提前通知你！能人越砸越结实，不能的人一下子就被砸倒了。"

我也是从孩子病的那个月开始抽烟的，人家说抽烟能帮助你消除一些恐惧。初次点上烟的时候,姥姥相当震惊。她知道孩子问题大了,否则我不会是这番景象——旁若无人地拿着烟坐在客厅的沙发上,烟灭了再点上,点上再灭了,不大的工夫,家里就像着了火一样,烟雾弥漫。姥姥咳嗽着,孩子被呛着,我全然不知。我只知道烟灭了,恐惧就来了。

这样的时刻一般都是后半夜。一家人都睡了,我一定是起来。我不想让他们来安慰我,家人的痛苦是一样的。道理我也都懂,只是无法说服自己,无法安静下来。我知道这样的时刻,房子里还有一个人睡不着,那就是姥姥。

坐在客厅里的我,灯是不开的,黑暗的屋里总是能看到有月亮的天空。那时正值冬天,天空格外地蓝。那个冬天的雪也比往年下得多,常常在半夜下。有了雪做伴儿,我痛苦无助的心好像有了些安慰。

姥姥不是说吗?"神是什么?你信它就有,你不信它就没有。"我当然信了,对着天我虔诚地祈祷着:"保佑孩子吧!什么我都可以付出,甚至生命。从此让我什么都看不见,只要保住儿子的眼睛。如果可以交换的话,我一分钟也不犹豫!"

那些日子,我的眼睛真的快看不见了。我奶奶是青光眼,去世的时候双目失明;我父亲、母亲晚年时也都是比较严重的青光眼,日后的我恐怕也在劫难逃。着急、上火、哭,我眼前时不时地一阵模糊、一阵黑,这一切一切我全都顾不上了,白天跑医院找专家,晚上坐在客厅抽烟,这样的日子持续了一个多月。

姥姥不知道发生了什么,因为孩子看上去一切正常,又吃奶又尿床,白天咯咯地笑,晚上呼呼地睡。一个白白胖胖的小重外甥(山东等地称外孙、外孙女为外甥)摆在她眼前,怎么会有病?怎么是灾难啊?

姥姥不问也不说，这就是姥姥。她觉得我不告诉她就一定有不告诉的理儿，"凡事先替对方想"。

姥姥曾试探着劝我别抽烟，我说工作上有愁事，抽一段儿吧，等工作的愁事解决了，我就不抽了。

放烟的桌子上多了一包花生米，是姥姥放的。

想抽烟了，拿个花生放在嘴里；花生放进嘴里，烟又点上了。

一夜一夜，我在客厅里坐多久，姥姥就在她屋里陪多久。我们看到的是同一个月亮，祈祷的是同一个神，我为儿子，姥姥为我。

我们心心相印，可姥姥却苦于帮不了我，主动提出回老家，不在这儿给我添乱。这是这么多年来姥姥第一次主动提出走，她是多么不愿意走啊！

走吧，姥姥，我是真顾不上你了。本想让你在这儿过上一段真正意义上的天伦之乐的好日子，实现我五六岁就说过的愿望："姥姥，等我有了孩子，你给我看着啊！"那真是五六岁啊，我怎么会说出这么"不要鼻子的话"？

记得姥姥用布头给我缝了一个布娃娃，娃娃很大，抱在怀里像个真孩子。这是我童年的第一个玩具。娃娃的眼睛和鼻子都是姥姥画上去的，两条辫子是用黑毛线编的，衣服裤子也是姥姥做的。娃娃冬天还有毛背心，姥姥织的。

那时还不到六十岁的姥姥笑着说："嗯，等你有了孩子，姥姥早成一把灰上西天了。"

如今姥姥一直活到替我看孩子啦。

姥姥走前也不知道事情的真相，只是感觉一定是有大事。

她叮嘱我："孩子，记着，自己不倒，啥都能过去；自己倒了，谁也扶不起你。"

我努力地瞪着一双兔子红眼,想和姥姥笑一笑,也是嘴角往上翘,眼泪往下流,喉咙里热得一个音也发不出来。

姥姥拍着我:"你要是救不了孩子,谁也救不了。姥知道,就你行!"

姥姥没说假话,在她眼里,我是无所不能的那个人。我记着姥姥的话了。我知道,我要是倒下了,儿子就没救了。我开始不哭了,如果哭能救儿子我愿意把全部的泪水都哭出去,可是没有用。我坚强地抱着儿子踏上了去美国的求医之路,这一走就是十年。

每年我带儿子去复查都像上刑场一般,等待着判决。直至去年,当大夫对儿子说:"王,等你结婚的时候再来复查吧,一切很好,祝你好运!"我的泪水啊,直接喷在了报告喜讯的大夫脸上。人间会有这样横着飞出去的泪水吗?有,这是母亲的泪水,是一个憋了十年的母亲的泪水。"儿子,咱六十岁再结婚吧!妈妈再也不想来复查了。"

这大好的消息姥姥已经无法知道了,她走了。她不知道从前也就不必知道现在了。可这巨大的喜悦我怎么那么想让姥姥第一个知道啊!

其实姥姥原本不知道这件灾难的事儿,但是我确信她一定知道在我三十九岁那年冬天遇上的"工作上的愁事儿"是我人生最大的一次劫难啊!

至今姥姥也不知道我儿子到底遭遇了什么,她只是劝慰我:"享多大的福就得遭多大的罪,罪遭够数儿了,福又回来了。"

选自长江文艺出版社《姥姥语录》(增订本)

中国散文中历来有赋闲情、记浮生的传统，普通人、家常事皆可入文，小情绪、小悲欢即是意趣。此类散文最为动人之处，在于敞开心胸的诚恳，在于源于日常的智慧，在于众人皆可感同的深情。倪萍的姥姥之所以以民间之言而成"语录"，能获得冰心散文奖，正是因为具备了这样的特征。它说的是老百姓自己的语言，讲的是老百姓自己的故事，最后必然就会成为老百姓喜爱的读物。

SHAN JI XIANG

朗读者
单霁翔

他自称是故宫博物院的看门人。故宫创建六百年来，据说只有两个人走完了其中的九千多间房间，他是其中之一。故宫是中国人留给全世界的礼物，而为了这个礼物的尽善尽美，他是"终日奔波苦，一刻不得闲"。他就是故宫博物院院长单霁翔。

从神武门向西沿故宫巡查一圈，是单霁翔自上任至今每个工作日的任务。走破了二十多双布鞋，每个房间都一一踏足，单霁翔熟悉了故宫的每一个角落。

单霁翔捡烟头在故宫是出了名的。他已习惯弯腰，从砖石缝里抠出一个香烟头，很自然地攥在手中。他还提出"屋顶不能有草"，因为飞鸟或大风将草籽带到房顶，草在生长过程中会拱瓦导致木头糟朽。一个烟头也管，一根野草也管，单霁翔说把一件件小事做好，就能看出大的变化。

他把自己定位为故宫的"看门人"，绝不是什么"掌门人"。看护好故宫博物院的文物珍品，看护好故宫的古建筑群，看护好故宫世界文化遗产，是职责所在，更是一代代故宫人永恒的使命。

朗读者 ❖ 访谈

董　卿：您是在2012年上任故宫博物院院长的？

单霁翔：是的，今年第六年。

董　卿：您上任的时候，其实故宫正处在风口浪尖上，每年人均参观量突破一千五百万人次，对您来说要经受各种方面的考验和压力。比如后来出现的"故宫跑"。

单霁翔："故宫跑"是一个突然出现的现象。过去80%的观众进了故宫博物院，都会若无其事地往前面走，去看太和殿、养心殿，最后去御花园。其实他们忽视了我们两边正在举办的几十个展览。2015年9月，很多观众进了故宫博物院以后不是往前面走了，而是往西边跑，越跑人越多，越跑越快，跑向武英殿书画馆，因为我们正在举办一个"石渠宝笈特展"。我们发现这个情况之后，连夜做了二十个牌子，像运动会入场式一样引导参观，这样老人、孩子都不用跑了。只是最后参观的观众等到了凌晨三四点。

董　卿：其实"故宫跑"恰恰说明了这样一个问题，就是平时能看到的东西太少了，所以一旦有比较好的、重要的展览，大家就蜂拥而至。

单霁翔：是的。过去我们谈起故宫博物院来，经常非常自豪地说一些世界之最，比如我们是世界最大规模的木结构建筑群；最完整的宫殿建筑群；我们收藏的中国文物藏品是世界上最多的；我们是全世界唯一一个超过一千万观众的博物馆。这些当然是值得自豪的，但是是最重要的吗？我觉得可能不是。最重

要的,是你要把你的文化资源融入到人们的社会生活当中去。如果你说你的馆舍大,那么70%的范围都不开放;如果你说你的藏品多,99%的藏品都拿不出来展览。故宫博物院要真正成为融入人们社会生活的博物馆,就必须要按照习近平总书记说的:让收藏在禁宫里的文物、陈列在广阔大地上的遗产、书写在古籍里的文字都活起来。只有这些文化遗产资源活起来,你才是一个负责任的、人们喜欢的博物馆。

董　卿:您真的走完了故宫所有的九千多间房间吗?

单霁翔:我们是按照图一个房间一个房间走过去的,走了五个多月。每个房间什么状况,每个房间将来怎么利用,我们要进行详细的勘察。

董 卿：故宫现在到底有多少文物藏品，您统计过吗？

单霁翔：2010年的12月底，故宫博物院的文物藏品是1807558件（套），有整有零地统计出来。当然文物清理调查是永无止境的，现在的文物藏品又增加了6万件左右。

董 卿：就是在186万件左右。这里边像您刚才说的，老百姓能看到的可能只有30%是吗？

单霁翔：没有。实际上我们每年展出的大约15000件，15000件在186万件里面就是0.6%左右，1%都不够。这是我们最困惑的。2002年，我们现在这一轮古建筑修缮工程开始之前，故宫博物院的开放面积只占30%。2014年，我们的开放面积达到了52%。前年，2015年，是故宫博物院九十年院庆，我们五个区域都开放了，开放面积达到了76%。

董 卿：故宫现在应该是世界五大博物馆之一了。

单霁翔：对。五大博物馆包括故宫博物院，英国的大英博物馆，法国的卢浮宫，美国的大都会，俄国圣彼得堡的冬宫阿尔米塔什博物馆。联合国有五个常任理事国，正好一个国家一座。所以我开玩笑说，没有一个强大的博物馆是不能进入联合国常任理事国的。（观众笑，鼓掌）

董 卿：这句话其实背后自有真意，因为没有一个强大的、自信的文化，你也不可能成为一个世界的强国。而且您还说过一句话："故宫所有的文物都是干净的。"

单霁翔：我们故宫博物院其实也收藏着很多来自外国的文物，五百年的文化交流、使臣纳贡、商品贸易、"一带一路"过来的外国的这些商品、礼品数量非常大。比如西洋钟表。十八世纪的西洋钟表世界上收藏数量最多、品质最好的，我认为不在欧洲，是在故宫博物院，一共有二千二百种，很多英国的、瑞士的、德国的、法国的专家，研究十八世纪的西洋钟表是到故宫来看的。那么我就说故宫虽然外国文物也很多，上万件，但是我们和一些博物馆不同的是，我们每一件文物的来路都是清楚的。

董　卿：从您的眼睛看出来，故宫到底美在哪儿？

单霁翔：故宫这座古建筑群，是经过统一规划的，所以它的内外层次非常地鲜明。我是从小在北京四合院里边长大的，所以对四合院的格局特别喜欢。故宫博物院真是一个放大的四合院。一千二百座建筑非常有序地排列开来，九千多间房屋呈现出不同的文化景观。在故宫博物院里面行走，我们会发现春夏秋冬甚至每天早中晚，都有不同的景色。更深刻的感受还有，就是我们每天在看资料，在查阅各个空间在历史上的功用，它曾发生的故事，然后再看这些建筑，就感受到它是有生命的，它的生命历程是在延续的，它的魅力是不断展现的。

董　卿：您希望有一个什么样的故宫博物院交给未来的一百年呢？

单霁翔：故宫博物院成立之前，明清两代，五百年间，二十四个皇帝居住在这里。但是，1925年的10月10日，乾清门的大门打开了以后，一个新的名字"故宫博物院"诞生了，普通老百姓涌进来了。当天究竟进了多少观众，没有详细的记载。但是据我们的老员工回忆，当天下午观众离去的时候，他们捡被踩掉的鞋就捡了一大筐。我想它不应该仅仅是我们的一座文化的殿堂，而应该是人们生活中的一片文化的绿洲。我们在为此做不懈的努力。

董　卿：梁思成先生说：一个民族的文化都会产生它自己的建筑，就像故宫是集中国文化之大成者。故宫每天门庭若市是件好事，说明文化在蓬勃发展，传统在生生不息。那您今天的朗读是要献给谁呢？

单霁翔：我想献给所有热爱故宫文化的人，当然我也特别想献给刚才所说到的那天夜里坚守在看"石渠宝笈特展"队伍中，吃了我的方便面的观众。因为他们的坚守令我们感动。

董　卿：读什么呢？

单霁翔：我今天想读的是《至大无外》，是中央电视台和故宫博物院联合录制的《故宫100》纪录片中的一个片段。其实这个纪录片有一个副标题叫"看见、看不见的紫禁城"。通过一百集的录制，故宫空间，以及透过这个空间和古建筑揭示出的它内在的美和内在的文化价值，都呈现出来了。这个片段就是人们在太和殿广场和太和门广场的一个感受。

朗读者 读本

至大无外

张越佳　刘凯

　　紫，是古人心目中的王者之星；紫微，来自天上。禁，是权力，来自于人，也施之于人。城，是这一片连绵殿宇，在大地上的辉煌建设。

　　太和门广场和它身后的太和殿广场，构成了紫禁城的重心。广场，在中国的传统里，叫作庭院。庭院源于古人聚居的居住形式，在共同的空间里，一家人围拢的不单是安全感，更是中国文化里相互关怀、照应和守望的伦理价值和亲情。一般来讲，家庭越大，院子也就越大，就像一棵大树那样，分枝抽条、开枝散叶、秩序分明。

　　皇帝以天下为自己的责任，以国为家，他所住的皇宫庭院也层层相依、紧紧相连，成为现在我们所见到的伟大宫殿。帝皇所在便是宫廷，在家为庭、在宫则廷。传统民居中轴对称，院落重门的格局没有改变，放大的空间营造出超越民居的大格局。它不仅可以应付这个庞大家庭现实生活的需要，还处处殚精竭虑，把王朝的秩序和信仰纳入其中，让帝王的生活成为权力的展示和伦理的示范。

　　这里曾经是皇帝一个人的庭院，体现着天下一人的权威。古代帝王以无限权力在他的家国里俯仰天下，就体现在这一个又一个巨大的空间里。

　　大不可测，多即无穷。在中国传统文化中，最高的状态是意会的境界。大,意味着多。多,意味着无穷无尽,无穷无尽就是空。既无穷莫测,故实则虚之。实则虚之,是中国人的文化密码,投射到每个人的心中。

选自纪录片《故宫100》解说词

纪录片《故宫100》的副标题韵味十足。看得见的紫禁城和内中成百座宫殿是中国古建筑的集大成者,是梁思成眼中"绝无仅有的建筑杰作",值得世世代代中国人对它"宝贵万分";而看不见的紫禁城则是它承载的文化、伦理、美学、历史的价值,它在中国传统文化中的地位。作为"凝固的音乐",故宫代表着中正和谐的中国气派,代表着天人合一的中国风格。

ZHAO

RUI

RUI

朗读者

赵
蕊
蕊

喜欢排球的人应该都熟悉赵蕊蕊这个名字，她身高一米九七，素有"中国女排第一高"之称。2001年，二十岁的赵蕊蕊入选国家队，次年世界女排大奖赛她便初露锋芒，当选为最受欢迎的球员。2003年，在日本大阪举行的第九届世界杯女子排球赛中，赵蕊蕊亦表现出众，最终助女排赢回了已丢失十七年的冠军奖杯。

那时，处于巅峰状态的赵蕊蕊被誉为"世界第一副攻"，她的战绩至今无其他副攻可超越。她的扣杀干脆有力，灵活和速度是她进攻的利器。她平日里灿若桃花，可到了网前，却最让对手胆寒，多少主攻手都曾在她的十指关前被封杀。遗憾的是，长久的比赛和训练给身体造成的伤病让她前后接受了七次手术，并不得不在2008年离开了自己最热爱的排球事业。

奥运冠军离开赛场后，往往走向不同的人生道路。有当教练的，也有走上仕途的，更有涉足娱乐圈的。但赵蕊蕊选择当一位作家，写起了小说。2011年，她出版了首部作品《末日唤醒》。第二部小说《彩羽侠》成功入围第四届全球华语科幻星云奖最佳长篇科幻小说候选名单。现在她仍笔耕不辍，作为中国身高最高的作家，要写出自己的一片天。

朗读者 ✤ 访谈

董　卿：今天再一次坐在我面前的时候，已经不是以前的蕊蕊了，又有了一个新的身份——作家。听说你带了一本新的书稿来是吗？

赵蕊蕊：对。第四本书是以我自己的经历写成的，是一个个小故事。借此把我自己三十多年的经历做一个小小的总结吧。

董　卿：运动员退役之后有很多种选择，但是改行当作家的，是不是就你一个人？

赵蕊蕊：非常自信地觉得应该是。

董　卿：写作和当运动员是完全不同的两种状态。其实你是从一种有光环的生活转向了比较平淡的日子，这个可能也需要自己去调整。

赵蕊蕊：我个人感觉，人不可能永远都站在神坛上，永远都生活在光环下，这是不可能的，总要走下来。

　　　　2003年打完世界杯的时候，对我来说，真的是春光无限。可是突然有一天，我跟我妈妈讲：妈，我只是希望我的运动生涯的高峰期能够长那么一点点。

董　卿：其实你在鼎盛的时候已经有了一种危机感。

赵蕊蕊：没有多久，上天就跟我开了一个玩笑，我受伤了。其实确实对我来说是一个巨大的打击。

董　卿：2004年是吗？

赵蕊蕊：对，3月26日。

赵蕊蕊：我脑海里永远记得当时受伤那个画面：先是听到了一个像硬塑料掰断的声音，非常脆，然后我就觉得站不稳了。我脑海

里最后一个画面是冯坤大叫了一声，扑通一下就跪地上了。我就闭着眼睛，一直没睁开，直到医院才睁开。我就在想，只要我不睁开眼睛，这就是一个梦。它是一个噩梦，会醒的。当时青年队的蔡斌教练也在，我就一直在哭，他就抱着我。他说，孩子，我知道，你的心比你的腿更痛。

  连续一周的时间我都梦到我们打了冠军，打了奥运会的冠军，然后梦醒都一定是那个骨折脆掉的声音，"啪"！然后我就告诉自己：啊，这个就是现实。

董 卿：是在受伤的时候有了比较集中的阅读时间吗？

赵蕊蕊：不光阅读，有时候自己还喜欢写写东西。

董 卿：从那个时候开始的？

赵蕊蕊：因为那时候有些情绪能够感觉到了，就会写一写。受伤以后，我看到照片里的自己就会想，这是我吗？为什么以前我那个样子，现在这个样子？有很多的为什么。当时也有很多朋友和球迷，给我寄了一些书。我印象特别深的是有一个朋友寄了一本《哈佛校训》。那个书我非常喜欢。最感动的是，他在扉页上引用了一个叫《上帝背起了你》的故事，然后说：星星永远不会惧怕黑暗，因为越黑暗星星越闪耀。

董　卿：所以在你即将要出的这一本纪实小说，或者叫自传小说当中，如果我没有猜错的话，应该还会有2008年，那是你的最后一届奥运会。而且其实那一届奥运会之后，好些人都面临着退役，像你、周苏红、冯坤，大家的心态其实也真的是希望这最后一次机会能够为国家争得荣誉，这是很可理解的心情。

赵蕊蕊：运动员在赛场上的时候，就是要争冠军，就是要赢。但是确实，伤病非常影响比赛。2007年我跟冯坤一起去美国做手术，我说我真的不想再做手术了。我刚把钢板拆掉，为什么要再钉一个不属于我身体的东西给我？医生说，明年就是奥运会，你想打吗？我说我想打。他说那你就必须要做。当时非常痛苦。那时候给我爸爸打电话，我爸爸知道这个消息后蹲在地上。一个大男人——我爸爸有两米——蹲在地上。我妈妈后来告诉我，他抽着烟，抽完之后抱着头，站起来说，退了吧。

董　卿：对他来讲，他更想要一个好好的女儿，而不是要一个世界冠军、奥运冠军。

赵蕊蕊：所以当陈指导给我打电话的时候，我哭得稀里哗啦的，但其实我最后给他的是肯定的答案。我说：陈导，你放心，我赵蕊蕊不属于我，我属于祖国。我的头上刻着两个字，那就是"中国"。

排球是我生命中不可割舍的一部分，真的深深地融进了我的骨髓里；而那些同我并肩作战的队友，也是我一辈子铭记在心的，所以我想把今天的朗读献给她们。

朗读者 ❧ 读本

握紧你的右手

毕淑敏

常常见女孩郑重地平伸着自己的双手，仿佛托举着一条透明的哈达。看手相的人便说：男左女右。女孩把左手背在身后，把右手手掌对准湛蓝的天。

常常想世上是否真有命运这种东西？它是物质还是精神？难道说我们的一生都早早地被一种符咒规定，谁都无力更改？我们的手难道真是激光唱盘，所有的祸福都像音符微缩其中？

当我沮丧的时候，当我彷徨的时候，当我孤独寂寞悲凉的时候，我曾格外地相信命运，相信命运的不公平。

当我快乐的时候，当我幸福的时候，当我成功优越欣喜的时候，我格外地相信自己，相信只有耕耘才有收成。

渐渐地，我终于发现命运是我怯懦时的盾牌，当我叫嚷命运不公最响的时候，正是我预备逃遁的前奏。命运像一只筐，我把对自己的姑息、原谅以及所有的延宕都一股脑地塞进去。然后蒙一块宿命的轻纱。我背着它慢慢地向前走，心中有一份心安理得的坦然。

有时候也诧异自己的手。手心叶脉般的纹路还是那样琐细，但这只手做过的事情，却已有了几番变迁。

在喜马拉雅山、冈底斯山、喀喇昆仑山三山交汇的高原上，我当过卫生员，在机器轰鸣铜水飞溅的重工业厂区里我做过主治医师。今天，当我用我的笔杆写我对这个世界的想法时，我觉得是用我的手把我的心制成薄薄的切片，置于真和善的天平之上……

高原呼啸的风雪，卷走了我一生中最好的年华，并以浓重的阴影，倾泻于行程中的每一处驿站。

岁月送给我苦难，也随赠我清醒与冷静。我如今对命运的看法，恰恰与少年时相反。

当我快乐当我幸福当我成功当我优越当我欣喜的时候，当一切美好辉煌的时刻，我要提醒我自己——这是命运的光环笼罩了我。在这个环里，居住着机遇，居住着偶然性，居住着所有帮助过我的人。

而当我挫折和悲哀的时候，我便镇静地走出那个怨天尤人的我，像孙悟空的分身术一样，跳起来，站在云头上，注视着那个不幸的人，于是我清楚地看到了她的软弱、她的怯懦、她的虚荣以及她的愚昧……

年近不惑，我对命运已心平气和。

小时候是个女孩，长大了成为女人，总觉得做个女人要比男人难，大约以后成了老婆婆，也要比老爷爷累。

生活中就像没有无缘无故的爱一样，也没有无缘无故的幸运。对于女人，无端的幸运往往更像一场阴谋一个陷阱的开始。我不相信命运，我只相信我的手。

因为它不属于冥冥之中任何未知的力量，而只属于我的心。我可以支配它，去干我想干的任何一件事情。我不相信手掌的纹路，但我相信手掌加上手指的力量。

蓝天下的女孩，在你纤细的右手里，有一粒金苹果的种子。所有的人都看不见它，唯有你清楚地知道它将你的手心炙得发痛。

那是你的梦想、你的期望！

女孩，握紧你的右手，千万别让它飞走！相信自己的手，相信它会在你的手里，长成一棵会唱歌的金苹果树。

选自人民文学出版社《心灵四书·心灵与阳光同行》

我这篇文章来自于我自己的一段刻骨铭心的经历。年轻的时候我在西藏阿里当兵，精疲力尽还要攀越雪山，甚至可以说你的生命的安危，就决定在你的手指和手掌的力量上。但是我的手确实救了我。我特别想在这个文章里传达的是，我们的右手是有力量的。命运就掌握在我们的手里。

作家、心理医生　毕淑敏

　　毕淑敏的文字，无论是小说还是散文，都有触及心灵的力量，因而常能引起读者，尤其是女性读者的共鸣。她的散文大多取材于生活，但总能生发出不一样的生命感悟，体现不一样的审美境界。或许因为职业的原因，她的文学有"心灵治愈"的功能，因而被王蒙称为"文学的白衣大使"。

ZHAO JIA HE

朗读者

赵家和

赵家和（1934—2012），原籍安徽和县。生于清华园，父亲是法学系主任。在那个山河破碎、民族危亡的年代，他幼年就体尝了时局动荡、辗转迁徙的辛酸，又在少年时代目睹了西南联大师生追求进步、奋起抗争的历程。也许从那时起，赵教授就树立了一种对教育的特殊而深厚的情感。

1955 年，赵家和从清华大学无线电系毕业，拿到了学校第一届"优良毕业生"奖状。这个被同学公认为"绝顶聪明"的人留校后担任本科生教学工作，主持研究的电子材料也是很受关注的热门领域。1977 年，学校委派赵家和筹建电化教育中心；1979 年，学校又调他到科研处搞管理；1985 年，年过半百的他再次转行，筹建改革开放后清华大学第一个文科学院——经济管理学院。他就像炭火一样，在每个需要的地方默默燃烧，恪尽职守。1998 年，退休后的赵家和应美国德克萨斯州立大学邀请，担任客座教授。

他身价千万，却把一件一美元的化纤毛衣穿了十几年；他有一儿一女，却把全部积蓄都捐给了素不相识的孩子。他明知时日无多，却在生命的最后时段发起了一场爱心接力。他用毕生积蓄成立的青少年助学基金，资助了一批又一批寒门学子。

朗读者 ❧ **访谈**

董　卿：看过我们这个节目的朋友们都知道，我们每期节目的最后都会请来一位特殊的嘉宾。在这个座位上，曾经坐着永远有趣、永远热泪盈眶的大翻译家许渊冲先生；曾经坐着中国航天第一人杨利伟先生，曾经坐着声音的雕刻大师乔榛先生等等。但是今天我要介绍的这位来宾却不能够再来到现场。他是我们国家的一位金融教育家，清华大学经济管理学院的原副院长赵家和教授。赵教授从2005年开始，就以一个清华退休老教师的名义开始为西部地区的贫困孩子们捐款。2009年，当他得知自己已经是肺癌晚期的时候，更做出了一个让人震惊的决定：他决定要捐出自己一生的积蓄一千五百万元。

　　赵教授生前其实是一个非常非常俭朴的人。他在退休以后，受到美国的一所大学的邀请，返聘为客座教授，虽然薪酬不菲，但是为了省钱，全家人吃得最多的是超市里最便宜的鸡腿。一个月的生活费不超过一百美金。在二手市场花几美元买的一件毛衣可以穿十几年。

　　当他知道自己的病之后，他甚至舍不得买进口的药，舍不得上大医院；但是他捐出毕生积蓄的时候，却没有一丝一毫的犹豫。在生命的最后几个月，他依然在为成立青少年助学基金而四处奔波。2012年的2月，兴华青少年助学基金终于如愿成立了，也就在那一年的7月，受捐助的甘肃省白银市实验中学的一个受捐班级的高考分数又创了一个奇迹，全班高考的最高分达到了677分，一本的录取率更是高达

88.37%。又一批贫困学生的命运将会改变。但是，也就是在那个月，赵家和教授离世。没有进行任何的告别仪式，他捐出了自己的遗体。

  我想虽然今天赵家和教授已经无法来到我们的现场，我们依然应该用掌声向这样一位充满信仰、充满仁爱的老人表达我们的敬意。

  今天，我请来的是两位和赵教授有着很密切关系的特殊的嘉宾。一位是赵教授生前的同事，清华大学经济管理学院的原党支部书记陈章武教授。还有一位是赵家和教授的学生刘迅。

  之所以说他们二位和赵教授有着比较特殊的关系，是因为赵教授在生命最后的那段时间，把青少年助学基金的事托付给了陈教授，希望在他离开这个世界以后，这个善举依然能够继续，能够让更多的学生得到帮助。而刘迅则是青少年助学基金会的现任理事。陈教授,您跟赵教授多年共事,您觉得他是一个什么样的人?

陈章武:我想可以用两个词形容他。第一是聪明。很多人都觉得清华大学的很多人都很聪明,但赵老师可能又是这些聪明人中间最聪明的之一。

董　卿:为什么这么说?

陈章武:他在清华服从组织分配,曾经几次改行。本来学的是无线电,后来又搞计算机。最后又服从组织安排,到了清华大学经济管理学院。他是干一行爱一行,爱一行成一行,每一行都做得非常出色。

董　卿:第二个词呢?

陈章武:仁爱。他几乎把他的所有都献出来了,最后遗体也交给医学研究。

董　卿:刘迅是哪一年成为赵教授的学生的?

刘　迅:我是1986年考进经管学院的,所以我应该是跟陈老师一起认识的赵老师。

董　卿:也有二十多年了。有的人心里会打一个问号,说一个清华老教授怎么会有这么多的积蓄,刘迅可以跟大家说说。

刘　迅:刚才陈老师说赵老师非常非常聪明,我们真正深切的体会是,他经常会跟我们说一些很有前瞻性的观点。比如2003年的时候,我们正在讨论国家宏观调控,很多行业不景气,但赵老师跟我们说,要注意这个产业未来生产价值的能力和能量,那个时候真是警醒了我们。后来,慢慢熟悉之后,赵老师说,我在美国教学期间有一点积蓄,你能不能帮我打理一下?

董　卿:就是在美国教学那几年有点积蓄,通过你的打理能够让它有

刘　迅：（笑）赵老师说到助学，我们就觉得一下像开了一个门一样，这是应该做的方向。

董　卿：其实对于你们这些学金融、做金融的来说，挣钱不是什么很稀罕的事情。但是可能赵老师怎么样去用这笔钱，给你们上了又一堂课。

刘　迅：那个时候我印象很深。赵老师说，我得了癌症。我当时脑子一下就蒙了。把电话放下以后，我赶紧安排去查一下赵老师这个账户怎么样了。一查，钱已经很多了。我那时候心里真的还有些安慰、舒缓，这样的话赵老师治病是完全可以支持的。但马上被老师给否定掉了，他说你不用考虑这些。

董　卿：他的意思就是，这些钱他也不会用于自己的治疗。

刘　迅：我当时想劝他，但赵老师做出的决定，我们很难去反驳。

董　卿：是不是多多少少还是觉得有点意外？

刘　迅：很意外，非常意外。后来我才理解了赵老师真正的出发点。他们生长于中国最苦难的时代，在西南联大的颠沛流离中成长起来的。他们心里的那种希望祖国富强、美好、进步的信仰应该是不容置疑的。

董　卿：从未改变。

刘　迅：从未改变。

董　卿：其实今天赵家和教授的夫人和女儿也来到了我们的现场，赵教授的女儿还是特地从美国飞回来的。我在第一次听到这个故事的时候，除了钦佩赵家和先生本人之外，也很钦佩他的家人。你当初听到父亲的这个决定之后是怎么想的？

女　儿：他生病之后我回去看他，他已经住在清华大学校医院的病床上了。那个时候他就跟我说，我从来都不相信把钱留给孩子（是一件对的事），因为我供你上了学，你学到了能够自己挣钱的本事，所以你和你哥哥两个人都可以自己挣钱，不需要我的钱。天底下有很多更需要我帮助的人。他说我希望你能够理解。那个时候我真的觉得他很伟大。

董　卿：今天我们也特意请来了几位受捐助的同学，这些孩子们也想通过自己的朗读来对赵教授，包括对陈教授，对刘迅，对所有这些善良的人们来表达自己的感谢。我们请孩子们上台吧。

当赵教授的照片出现在大屏幕上的时候，女儿一下子……

女　儿：一下子觉得非常想念他。（哭）

董　卿：想起了什么？

女　儿：想起了很多。其实他在世的时候，自己并没有完全理解他。跟他在美国生活，我记得都会说，怎么爸爸这么抠门儿。但是，现在我看到有这么多贫穷的学生可以受到你的大爱的关怀，我为作为你的女儿感到骄傲！

董　卿：我想，孩子们都能感受到您的骄傲，也能体会到，只有努力学习，好好做人，未来成为对社会、对国家有贡献的人，才是回报给赵爷爷的最好的礼物。而对于赵家和教授来说，用遗体捐赠者墓碑上的一句话描述他最恰当不过：他燃尽了自己，了无遗憾；而他的精神烛照世界，永不熄灭。

朗读者 ❋ 读本

让我怎样感谢你

汪国真

让我怎样感谢你
当我走向你的时候
我原想收获一缕春风
你却给了我整个春天

让我怎样感谢你
当我走向你的时候
我原想捧起一簇浪花
你却给了我整个海洋

让我怎样感谢你
当我走向你的时候
我原想撷取一枚红叶
你却给了我整个枫林

让我怎样感谢你
当我走向你的时候
我原想亲吻一朵雪花
你却给了我银色的世界

（本诗由赵家和成立的"青少年助学基金"受助学生代表在节目中共同朗读。）